願明日的世界對你溫柔以待
汐見夏衛
Natsue Shiomi

為什麼世上有這麼多悲傷的事呢？

為什麼神明會賜給我們如此多的苦難呢？

珍視的事物總是輕易被奪走，有時還會背負再怎麼後悔也無法彌補的罪過。

但是，即使是痛徹心扉的悲傷，即使是難以呼吸的苦痛，我們還是得咬緊牙關，向前看，活下去。

因為，我們活著。

他的溫柔、她的愛，還有你的嚴厲，教會了我這件事。

目錄

第一章　為海擁抱……9
第二章　趁著黑夜……35
第三章　害怕清晨……57
第四章　隨波盪漾……83
第五章　為光穿透……103

第六章　觸動心弦……117
第七章　為風吹拂……147
第八章　沐雨淋漓……167
第九章　為闇吞噬……191
第十章　為光包圍……221
最終章　向海許願……239
番外篇　向妳起誓……275
後記……284

願明日的世界對你溫柔以待

第一章　為海擁抱

「……好——荒涼。」

這是我抱著又大又重的行李在車站月台下了車，然後環顧我之後要住的這個城鎮後，說的第一句話。

「真的好荒涼啊。」

我抬頭看寫著『鳥浦』的站名看板，呼的嘆了口大氣。從人少到數得出來的電車車廂裡，在這站下車的只有我一個。

我再次往車站外看，映入眼簾的只有天空的藍與山巒的綠。在這之下，是連綿不絕，宛如緊貼在地、櫛比鱗次古老木造住宅的棕。爆鄉下，我腦中浮現出這個字眼。

T市鳥浦町。我只來過這裡一次，是十多年前我還在讀幼兒園的時候，被媽媽帶著拜訪的外祖父母家。我當時年紀還小所以幾乎沒有記憶，沒想到是這麼荒涼的地方。和之前居住的環境太不一樣，心中不禁湧起一股難以言說的不安。

我，之後，會怎麼樣呢？

我一邊怔怔地想，一邊順著引導標示箭頭走上樓梯，走過橫亙在鐵路上的跨線橋，再走下樓梯。

只有一個驗票閘門。

從我之前住的熟悉城市出發時，排得長長的人龍宛如被吸塵器吸進去的無數塵埃一般，就這樣被人潮推著往前，一個接一個穿過驗票閘口。但現在到了這個新城鎮，閘門就那樣孤零零地矗立在無人月台的一角，只有一個人走過。落差真的很大。

這是當然的，我想。我之前住的地方，是A縣縣政府所在的N市市中心。人口密度和位於突出海面半島前端的T市完全不能相提並論，走到哪都有數不清的人。而後搭著每站都停、慢悠悠行駛的電車一個小時。光是這樣，就抵達了宛如異次元般、杳無人煙的地方。感覺就像是把人從世界的中心硬是運到世界一隅似的。

從車站出來後我再次嘆了口氣，在只停了一台車、空蕩蕩的圓環一隅停下腳步。眼前開展的，是我接下來要居住的世界。

左邊所見全是海，右邊則是連綿不絕的山。或許是沒有高樓建築，總覺得覆蓋其上的天空特別寬闊，我莫名不安。

要是我知道這裡居然這麼荒涼的話，在爸爸建議我讀鳥浦的高中時，我是絕對不會答應的。

之所以會帶著這種不乾不脆的心情，老是憂鬱的嘆氣，是有原因的。

今年四月開始升上高中的我，離家搬到外祖父母所住的城鎮，然後在這附近的高中上學。爸爸逼著我在『上N市的函授高中，還是從外祖父母家去上T市的高中』裡二選一，『儘管不喜歡住在幾乎陌生的城市，但應該比一直待在沒有容身之處的家裡好』，考慮到最後，我用消去法做出選擇。

原本預定在春假期間搬家，從開學日就開始上課，但因故延後了一個月，從進入黃金週假期的今天開始住到鳥浦來。

長長的連假結束，總算能第一次去上課。同學們會怎麼看待我這個從入學伊始就一直缺席、在連假結束後突然走進教室的人呢？光是想像心情就沉重起來。

而且，我遠離家鄉，住到外祖父母家上學，表面上是爸爸的建議，但其實他是用個好看點的方式擺脫麻煩。這是因為，我在中學出了問題。我清楚知道，這等於是把棘手的女兒趕出家門。外祖父母也一定覺得無法拒絕女婿的請託，被硬塞了一個麻煩的外孫吧？

因為是這種狀況，所以我對高中生活沒有期待，也沒有對新天地的希冀。當然憂鬱。

就在我一邊想，一邊怔怔等待應該快要來接我的外祖父母時。

「──ㄅㄞˊ ㄌㄞˋ ㄓㄣ ㄅㄛ？」

身後突然傳來人聲，我嚇一跳、轉過身。

是個跨在自行車上，面無表情盯著我看，大概跟我同齡的男孩。

對他的第一印象，是眼睛炯炯有神。就像是兜頭撒落的太陽光全部集中在一起似的，堅強而率真的眼睛。

彷彿要被他當即射穿的眼神，讓我不由得一僵。我很不擅長應付現在這種正對面看過來的視線。

為什麼跟我說話啊。為什麼知道我的名字啊。我滿腹疑問，沉默地呆站著，他一邊微微皺著眉、歪著頭，一邊下了自行車，再度開口。

「妳不是『白瀨真波』嗎？」

「……我是，有什麼事？」

我訥訥地回答，他微微點頭說。

「我是美山漣。」

然後他一下子伸出右手。不會是要跟我握手吧，討厭。

我疑惑地沉默，他用粗魯的語氣說「行李」。發現是自己誤會了，我尷尬的搖頭。

「我自己來。」

然後他有點不高興似的皺眉，說「沒關係」，從我手裡搶過旅行袋。然後背對慌忙想把行李拿回來的我，把旅行袋放在自行車的行李架上，用皮帶固定。然後繼續一言不發地抓著龍頭，推著自行車邁開步伐。

我完全搞不清楚這是什麼狀況，而且也不想跟著不認識的男生走。但行李被他拿走了，我無可奈何。

「那個……您是？」

我不情不願地追著眼前的背影問，然後他一臉煩躁的轉過來，停下腳步。怎麼說，這個人，好恐怖。

「我剛剛不是說了嗎。美山漣，高中一年級。」

欸，真的是同齡。討厭。我偷偷嘆了口氣。光是今天，我到底嘆了多少口氣啊。

「這我知道。」

因為知道彼此同齡，我就沒有顧慮地用對平輩的語氣說話。

「但我不知道為什麼是你來接我，所以我問問。」

聽我反抗般刻意用不遜於他的冷漠語氣這麼說，他微微揚了揚眉。

「啊，是妳外公外婆拜託我的。」

直稱第一次見面女生「妳」的無禮感，讓我在心裡大皺其眉。

這種男生，我不知如何相處。不，基本上所有的男生我都不知道該如何和他們相處。又吵又幼稚、還爆衝又粗魯，討厭死了。啊，女生來陰的也很討厭就是了……這麼一想，我自己都傻了，也就是說我討厭所有人啊。不講自己，一副自以為了不起的樣子。

「原來妳不知道是我來接……。」

他朝旁邊自言自語似地小聲說完，然後瞟了我一眼後說「這樣的話」。

「我要是說清楚就好了，抱歉。」

他突然坦然道歉，所以原本做好心理準備，覺得可能會被他怒目而視的我一下子鬆了口氣。他似乎並不在意因意外而沉默的我，再次邁開腳步。

我們在住宅區的街道上沿著鐵路走，沒多久，越過平交道。而後視野一口氣寬闊起來，眼前是整片的海。我不由得停下腳步。

大概是因為周圍一片荒涼，剛剛從車站看見的海，根本比不上這片看起來寬廣不已的海。在遠到不知道距離有多遠的遠方，除了大型船舶的身影外什麼都沒有，寬闊得看不見盡頭。

就像是被海包圍似的，我想。我身處被寬廣的、寬廣的海洋擁抱的小鎮一隅。

「怎麼了？」

忽然聽見有人喊我，我回過神來。發現他在距離一個電線桿遠的地方，一臉奇怪的看向我，我慌忙邁步移動。

他傻眼的對追上來的我說。

「妳跟好。迷路了我可不管。」

我氣鼓鼓的小小反擊。

「迷路什麼的……我也是高中生，才不會迷路呢。」

「妳應該是想就算走散了，用手機查就好了對不對？」

被準確點出想法，我咬住嘴唇。

有什麼不對嗎？這個時代，只要有智慧型手機，哪裡都能去吧？我當然不會說出口，但在心裡反駁他愚蠢的說法。

「這邊的路沒有能當地標的東西，要是不熟地理位置，看地圖APP最後也會迷路。」

「……。」

這也不是我的問題。是這個鄉下到爆的城鎮的錯。為什麼要諷刺我啊？

我就這樣滿肚子氣，一言不發的跟在他身後。

和被老舊護欄隔開的鐵路沿線道路相比，沿海的步道比較寬，整理得很好，能讓兩個人並肩而行都還有空間。但是，我不想跟才認識沒多久的冷漠男生並肩而行，就保持著大概五步遠的距離跟在他身後。

走了沒多久，他又轉過頭來。

「妳為什麼要走在後面？這樣很奇怪，也很難講話。」

我沒有想跟你說話的意思。想是這樣想，但要是他再多講什麼也是會不爽，所以我就照他說的，和他並肩而行。

不過，雖然是他主動要我靠近的，卻什麼都話都沒說。既然如此，繼續前後排著走不就好了，我一邊在心裡吐槽，一邊抬眼瞟了旁邊的人幾眼。

的確是很剛強的一張臉。細而直的眉毛、眼尾細長的眼睛。挺直的鼻樑、緊抿的薄唇、稜角分明的臉部輪廓。順著海面吹來的風而飄揚的黑直髮、突出的肩膀、修長延伸的四肢、單薄的身體。什麼都直接了當。

直接了當，也是我難以應付的。因為我知道自己是個彆扭鬼。我為什麼會跟一個匯聚了所有我不知如何應付特質的人並肩而行呢？真是不可思議。

……即使如此，還沒到嗎？差不多要沉默到尷尬了。就算是第一次見面所以沒辦法，一段時間什麼話都不說也太沉悶了。

我思考著有什麼事可以拿來當話題，想起打包行李時，忘了把改善翹髮的順髮噴霧放進包包裡了。我本來想著到這裡來之後一定要去買的。

我深呼吸一口氣，打起精神開口。

「吶。」

他一邊推自行車一邊看向我。

「那個啊，我等下想去買點東西，這附近有超市或是藥妝店嗎？」

「如果是類似超市的店，大概就山田商店和微笑商店。」

我聽到這兩個名字的瞬間，突然有種不好的預感。我忐忑不安地問。

「……那是，什麼店？」

「山田商店的話，嗯，比較像蔬果店？賣蔬菜、水果，還有一點肉品。微笑商店則是一般的便利商店。其他的店都離這裡很遠，沒車很難去。」

我沒聽過微笑商店這個名字。我心裡湧起這真的是便利商店嗎？的疑問。『一般的便利商店』是什麼。我知道的一般便利商店是7-11、LAWSON這類，這附近沒有嗎？

環顧四周，研判的確是沒有的我，呼地嘆了口氣。

「……那，我去那個微笑商店吧。」

我想蔬果店應該不會賣順髮噴霧，看來只能去那個沒聽過的便利商店了。

「嗯嗯。不過，它只開到七點，妳要買東西的話要早點去。」

他瞟了我一眼說。

「開到七點？晚上七點就打烊的意思嗎？」

「對。」

這什麼鬼。不是二十四小時營業的意思？有這種便利商店嗎？我在心中吐槽，這一點都不便利啊。不管去哪裡，這裡真的是宛如另一個次元的城鎮。

「……那，那家店在哪？」

「從這裡直走然後右轉，第三個路口後往左轉，然後一——直直走，在右邊。」

我心裡再次湧起不好的預感。

「……走路大概要走幾分鐘？」

「走路？騎自行車大概要十分鐘左右，走路的話，嗯，二……三十分鐘左右吧。」

猜中了，我無力地垂下肩膀。最近的便利商店要走路三十分鐘，太不可置信了。真的是一點都不便利。

我已經找不到能回的話而陷入沉默，他呵的一聲露出諷刺的笑容。

「反正妳應該瞧不起這個『爆鄉下』吧。」

宛如被讀心似的，我焦躁起來。但是，本來就是這樣嘛，我在心中自語。走路十分鐘範圍內沒有便利商店，而且還沒營業到深夜，就是『爆鄉下』啊。

但我什麼都沒有說出口的保持沉默，他聳聳肩轉回前方。接下來我們一句話都沒說，繼續默默地移動腳步。

為了分散注意力，我隨意看向右側，只見海面上反射著刺眼的白色太陽光。這時我陷入一種突然氣溫升高，身處盛夏的錯覺。

明明只是走個路，太陽穴卻滲出汗水。好熱，我在心中低語。

可能是因為這一帶都是獨棟房屋，沒有地方遮陽，就像是到了南方國度。五月分N市附近也會一下子熱起來，但和這個海邊的鄉下小鎮是不同種類的熱。

要是真的入夏會怎麼樣呢？怕熱的我，光是想像都覺得頭昏。

要在這種熱意中走到什麼時候？就在我開始覺得在這看不見盡頭的路上走很煩的時候，他小聲地說「轉彎」，過了行人穿越道，終於離開了沿海道路。就這樣走進兩邊都是一間接著一間房屋的小路。這路窄到一台車要過都勉強的地步。

我想著馬上就要到了，結果又走了一陣。就在我覺得疲倦的時候，從後方傳來一陣啪搭啪搭的腳步聲。

「是幽靈——！」

這突如其來的聲音，讓我反射性的回頭。目光所及之處，有幾個小學年紀左右的男孩，朝著海的方向跑去。

「幽靈來啦——！快逃！」

「快點！快點！」

我的目光追著他們一邊嘎嘎笑一邊追來追去的背影。

「幽靈……？」

我不由得重複男孩們說的話，走在前面的他「啊啊」說完回過頭來。

「那裡有沙灘，說是到了晚上會有幽靈出現喔。好像是因此這附近的孩子在玩鬼抓人的時候，扮演抓人的不是『鬼』，而是叫做『幽靈』。」

「……喔喔。」

本來沒想過會有什麼答案的，竟然得到這麼詳細的說明，我心情微妙的點點頭。他再次微微皺眉，而後忽然往前一指。

「到嘍。」

我順著他的指尖看去，是一棟小小的老舊木造住宅。他邁開大步往前走，我也跟了上去。

屋簷下，幾盆花擺在已經老化到快塌掉的塑膠臺階上。我視線微微往上，看見只剩紗門而洞開的玄關和電鈴，然後是寫著『高田』的名牌。高田是媽媽結婚前的姓氏。

這地方我以前應該來過一次，但已經完全不記得了。有種突然被帶到陌生房子的感覺。

「我回來了——。」

他把自行車停到車庫裡，抱著我的行李，一邊朝屋裡喊，一邊打開玄關紗門。門沒鎖嗎，也太不小心了吧，我驚訝不已。

「來了——」，屋裡傳來微弱的回應聲。

想到馬上就要跟外祖父母見面，我一下子心跳加速，低著頭停下腳步。而後他用驚訝的語氣開口說。

「喂，真波。妳不進去嗎？」

突然被直呼名字，我霍一下抬起頭。

我是第一次被一個才剛認識、而且是個男的直呼名字。美山漣這人，真的是個不客氣的傢伙啊。

「怎麼了?快一點。爺爺他們在等。」

就在我因為驚訝和心神不寧而動不了的時候，屋裡傳來腳步聲。

我的心臟重重一跳。終於要面對連面孔都不記得的外祖父母了。我不知道該擺什麼表情才好，反射性的再次低下頭。

我抓著胸口，心跳如擂鼓，就這樣低著頭等待。

「小真？」

有些沙啞的年長女性聲音在玄關響起。我抬頭一看，是兩張並排帶笑的臉。

「啊，是……。」

我小聲地回答後，外公開心地笑著說「歡迎」。

「歡迎妳來，我們一直在等妳喔。」

外婆也帶著笑容微微偏過頭。

「大老遠過來應該累了吧？快進屋裡好好休息，有準備冷飲唷。」

「啊，是，謝謝……那個，之後要承蒙您照顧了，請多指教。」

首先打招呼是最重要的，我給自己打氣，盡可能規規矩矩的鞠躬。

「哎呀哎呀，也請妳多多指教啊。雖然是個老人的房子，又舊又亂的，但就當自己家一樣，不要拘束。外公外婆都很期待妳來。」

我瞟了一眼，外婆帶著包容的微笑看著我。她笑出皺紋、微微下垂的眼角，與記憶中老相片裡的媽媽重疊。果然很像啊，我想。

「真的很歡迎妳來。」

這次是外公開口。那眼神就像是打從心底疼愛我似的。我瞬間忘乎所以，覺得他們兩位是真的在等我來。不過，我慌慌忙忙地用「怎麼可能」打消這一點點的期待之心。

一個連親生父母都覺得棘手而拋棄的人，幾乎是素未謀面、沒說過話的外祖父母怎麼可能會在盼著等著呢？哪有這麼好的事。他們雖然露出親切的表情，但絕對覺得被塞了個麻煩的大包袱。要是沒意識到這點，擅自開心的話，那受傷的一定是自己。

我刻意收斂起自己鬆懈的心情，深深鞠躬。

「……是，我會盡力不給外公外婆帶來困擾，請多多指教。」

蹲下把脫下的鞋子擺整齊後，站在一邊的他對著我們左看右看，看著我小聲地說。

「……為什麼這麼客氣？明明是血脈相連的外孫女。」

這沒禮貌的發言讓我心頭火起，不由得面露厲色抬眼瞪著他。

而後，外婆說「是啊，從旁人的眼光來看會這麼想啊」的聲音我背後落下。

「小真跟我們見面的時候還很小，所以一定會緊張的。」

自己的心情被奇怪的輕鬆語氣擅自解讀，我尷尬地咬著嘴唇。

我至今只見過外祖父母兩次。一次是小時候來這裡玩的時候，還有媽媽住院，我去探病時偶然見到，就這樣。來這裡玩的時候我還太小，什麼都記不得，在醫院遇到的時候，也只是我單方面發現了他們，當然沒有講到話。

我走在走廊上，被帶著往屋裡去。外婆露出帶著歉意的笑轉過頭對我說。

「抱歉啊，小真。因為妳爺爺他們不是很喜歡我們……所以很難見到面，也沒辦法打電話，讓妳覺得寂寞了。」

我沉默的搖頭。我並不覺得寂寞。雖然很不好意思，但老實說，我對外祖父母並沒有這麼深的感情。就只是腦中模糊有個我有住在遠方的外祖父母的事實認知而已。

「但是，今後外公外婆就會陪在小真身邊了，放心跟我們撒嬌吧。」

撒嬌這個字眼，莫名讓我覺得有點刺。

沒辦法撒嬌吧。我已經是個高中生了，一丁半點都不想跟任何人撒嬌。不論他們真實的想法是什麼，我感謝他們表面上很乾脆的收留了我這個一無是處的外孫女，但我寧願他們不要管我。

我想盡可能不給任何人帶來困擾、不麻煩別人，宛如空氣一般悄悄存在。我覺得這樣對彼此都好。不會無謂的傷害別人或受傷，沒有奇怪的期待或擔心而讓他們失望的風險。

「小真，這是起居室。」

外公的聲音，讓一邊盯著走廊地板一邊往前走的我抬起眼。還一邊想著希望他們不要再這樣叫我了。

「家裡沒有像近期新房常見的餐廳，所以用餐、看電視、休息都全部在這裡。」

外婆接著說下去。我微微點頭致意後走進起居室。

鋪著榻榻米的起居室，大小和我家的客廳相比小很多。正中間擺著一張彷彿會在古早家庭連續劇中出現的矮圓桌，上面放著筷桶、調味料、遙控器等等物品。靠牆擺放的木製櫃子裝著玻璃門，裡頭雜亂無章收納著餐具、文具、文件、書籍。

左邊是打開的拉門，另一頭看起來是廚房。代替隔板，掛上了無數木頭珠子串起來的門簾。隨著外婆一邊說「那麼那麼」一邊走過，珠子發出咔啦咔啦的聲音。

就像是重現歷史課本上昭和時代家庭的資料照片似的。

「小真，妳想喝什麼？」

外婆一邊在珠簾另一頭打開冰箱一邊問。就在我想對著她的背影說什麼都可以時，外婆接著說。

「茶的話看是要綠茶還是麥茶。果汁有蘋果汁、橘子汁、葡萄汁。然後，也有可爾必思。」

外婆說著轉回頭。不知道為什麼浮現出意味深長的笑容。我覺得奇怪，但還是回答「那麼，我要麥茶」。外婆馬上睜大了眼睛。

「咦，麥茶就好嗎？不用客氣，有可爾必思喔。」

外婆從冰箱裡拿出瓶裝可爾必思遞給我。

為什麼這麼推薦可爾必思啊？一般天氣熱又渴的時候會選茶。而且我本來就不喜歡喝甜的。話說回來，難不成可爾必思在鄉下地方是超奢侈的物品，所以固定會用可爾必思展現待客之道？

我臉上表情紋絲不變，但腦中迅速思考。

老實說我一點都不想喝，但事已至此也無法斷然拒絕。

「那麼，請給我可爾必思……。」

雖然勉強回以微笑，但我覺得自己的臉緊得吱吱作響，表情應該僵硬得可憐吧。對本來就不擅長擺弄表情的我而言，諂媚笑的門檻太高了。

「好，我馬上準備，妳等一下。」

外婆笑著點點頭，往屋內走去。

我悄悄嘆了口氣，在矮圓桌旁邊百無聊賴的站著。這時候，從走廊往起居室看的美山漣忽然出聲喊「爺爺」，所以我反射性地看過去。

「真波的房間，是安排在一樓客房旁邊嗎？」

又擅自直呼我的名字了。實在很火大，我暗暗決定等下也不客氣的叫他『漣』吧。讓他嚐嚐突然被第一次見面的人直呼名字的不舒服和無處容身的感覺。啊，雖然他看起來沒有這麼纖細敏感的神經。

而且，他喊外公時的語氣莫名的親近，這點也讓我覺得很奇怪。他應該只是個住在附近的男孩，語氣卻一點顧慮或隔閡都沒有，彷彿他才是外公真正的孫子，而不是我似的。

「啊啊，是的。」

外公毫不在意他無禮的態度，淺笑著點頭回應。

「那我先把這個行李拿過去。」

他一邊指著我的旅行袋，一邊重新抱起來說。

「就這麼辦吧，謝謝，拜託你了。」

「然後我就回二樓了。想換個衣服。」

「好，知道了。」

默默聽著兩人的對話的我，以為自己聽錯他說的最後一句。

換衣服？二樓？這怎麼回事？好像是自己家似的……？

在他的身影消失後，我看了外公一眼，大概是感受到我的疑惑了吧，外公像想起了什麼似的說「啊，對了對了」。

「小漣他寄住在我們家二樓。」

「欸……！」

我忍不住發出驚訝的呼聲。

「寄住……。」

「對唷。」

不知何時拿著托盤走進起居室的外婆點頭說。

「小漣是妳外公一個老朋友的兒子。聽說他要上這邊的高中，但又擔心讓他一個人住，所以就說住在我們家吧。他勤快又機伶，幫了我們很多忙呢。」

「這樣呀……。」

雖然我含糊的點頭回應，可還是忍不住想為什麼不先跟我說啊。

讓年輕的孫女和男人同居，怎麼想都很沒常識吧？而且對方還是這麼白目的傢伙。就算不是，洗澡啊換衣服啊什麼的，怎麼想都不舒服。要知道是這個狀況，我絕對不會選擇這裡的學校。

啊啊，說不定是真的覺得照顧我很麻煩，所以故意製造一個讓我不舒服的情況而讓他寄住在這裡吧。為了要我自己說出『我想回父母家』。這麼一來我就能回去，不會和拜託他們照顧我的父親有衝突。

儘管覺得這應該是我的被害妄想，但卻沒辦法停止往壞處思考。

似乎是察覺到我的負面情緒，外婆有點慌張地補充。

「啊，不要擔心。小漣真的是個好孩子，不會讓小真不愉快，沒事的，別擔心。」

我在心裡不服的抗議，我跟他見面才幾十分鐘，他就已經惹毛我好幾次了。

「而且，你們讀的是同一所高中，有不懂的地方問小漣就放心了，真好。」

雖然有這個預感，但果然是同一所高中啊。一點都不好，我也沒有特別想問他的。我咬著唇低下頭。

「喔，小真坐下坐下。喝這個，妳渴了吧。來，是可爾必思。」

外婆帶著滿臉笑容把玻璃杯放在矮圓桌上。我就這樣忍著滿肚子說不出口的想法，看著下方點點頭，坐了下來。

嘴裡的乳白色液體和記憶裡一樣，甜得不得了。

「妳是怎樣？」

在起居室休息一會，要走進安排給我的房間時，帶我過來的漣靠在牆壁上，表情嚴肅、雙臂交疊的開口。

大概是剛剛太煩躁了，連這點小事都能生氣。這什麼高高在上的態度啊，我們明明就同齡。

「怎樣是指哪樣？」

我對抗般用不客氣的語調回應，他揚了揚右邊眉毛。

「怎樣，是指妳剛剛對爺爺他們的態度。」

我皺起眉頭回望漣。如果說的是態度，我覺得你的問題比我還大欸。我的眼神裡帶了這個意思。

「……這很正常啊。我本來就是這樣的人。與生俱來的所以沒辦法。」

我盡可能用不帶感情的聲音回答後，他深深嘆了一口氣，無力地聳聳肩。

「……好吧，算了。妳今天剛到，大概是累了。」

我在心裡吐槽，會這麼累還不是你害的。

連我自己都嚇到了，一旦開始覺得煩躁，就怎麼樣都無法控制下來。而且漣總是說一些讓我不開心的話，說到我都懷疑他是不是故意的。我覺得我們完全不合。不可能不生氣。

「那，我在房間裡。要是有什麼不知道的就找我吧。」

漣說完後轉身離開。我一邊想我絕對不會找你的，一邊走進房間。

六塊榻榻米大的和室，是只放著空蕩蕩的書桌、書櫃，以及舊收納櫃的單調房間。沒有床，所以大概是用被褥。應該放在衣櫃裡吧。

就在我開始開行李的時候，糟了，我忽然想起。我忘了問清楚便利商店的位置了。

大概只能問外婆了吧，就在我嘆氣的時候，拉門的另一頭傳來腳步聲。沒有思考的時間，敲門聲音響起。

「是我。可以開門嗎？」

是漣的聲音。我原以為他終於走了。

我沉默不語，與「我開門了」的聲音同時，拉門開了。

「是說妳，剛剛是不是有說要買什麼？」

我被這個宛如讀心的時間點嚇了一跳，但還是輕輕點頭。

「妳要是發呆下去店就要關了，最好在晚餐之前就去。我畫地圖給你。」

「謝……了。」

我擠出這句話後，漣聳聳肩：

「連好好道謝都不會。」

他語帶諷刺地說。

這麼一想，我腦中浮現剛剛自己是不是有好好跟外公外婆道謝啊的念頭。因為緊張、混亂、不滿而腦子一團亂，可能沒有說。漣剛剛說的是這個吧？

就在我這麼想的時候，他不知道從哪拿來傳單裁切而成的筆記紙和筆，俯身在桌上開始畫地圖。

「這裡，在地藏菩薩所在的轉彎處右轉。然後會看到一座花園裡有很多花的大房子，在這裡左轉……。」

他一邊口頭說明，一邊在傳單背面畫線和寫字。他雖然給人的印象很粗魯，但寫字卻意外的工整。

「然後，直直走右轉就到了。知道了嗎？」

「大概吧……去了就知道。」

「這樣啊。我剛剛有說過，距離很遠，妳要小心一點。還有，如果迷路的話打電話給我，我把我的手機號碼寫在這。」

說罷，漣在紙張的一角唰唰寫下十一位號碼。就算是意氣用事我也不想打電話給他，但表面上還是滿懷感激的收下。

「……謝謝你。就這樣……。」

我輕聲說道。把地圖、錢包和手機放進托特包裡，掛在手臂上走出房間。

然後，不知道為什麼，漣跟在我後面。不會是打算目送我出門吧。我知道這是關心，不過是多餘的關心。

我們就這樣排成一列走到玄關，就在我想著應該就到這了，但他跟著自己也拿出運動鞋走到外面去。

這個走向，我是不是得說「我出門了」一類的話？不過我超不喜歡說就是了。

我不知道該怎麼辦才好，最後沉默不語的要走的時候，被他「喂，真波」的喊住了。是還有什麼要講啊，我沒力的轉過頭一看，發現漣正從車庫把自己的自行車牽出來。

「妳要用走的去嗎？我車借妳。」

我連忙搖頭。

「不用，沒關係，我走路就好。」

然後他有點生氣似的皺起眉說「那個」。

「妳就老實坦率的接受別人的好意吧。我跟妳說過，這不是能輕鬆走得到的距離。」

雖然我知道，但我還是繼續固執的搖頭。

「但是……我用走的，就好。」

就在我說完準備繼續走的時候，漣唰一下推著自行車，擋在我眼前。

「怎麼，難道妳不會騎自行車？」

我不愉快的皺著眉頭，回答一臉認真問我這個問題的漣。

「我會。只是不喜歡騎所以不騎。」

「這不就是不會騎？」

漣聳聳肩說。怎麼會有這麼討厭的人，是當我白痴嗎。

「……只是我以前騎自行車時遇到有點不愉快的事。而且沒有必要刻意騎危險的東西，那之後就再也沒有騎過而已。」

我預期會被他嘲弄更甚，但意外的，他點頭說「是嗎」，跨上了自行車座墊。

「這樣吧。妳坐後面。」

他用下巴指指行李架說。

不會是要兩人共乘過去吧？我才不要。

但是，拖著這麼疲憊的身體，在黃昏時分的陌生小鎮上走上三十分鐘，光想就憂鬱。

我無奈的點頭，把手撐在行李架上。我想了下應該用什麼姿勢才好，如果我面朝前跨坐在行李架上，可能會變成很親密的姿勢，所以我研判側坐會比較好。這樣就不用太接近了。而且因為是對著側面，我心情也會好一點。

我咚的一聲坐在行李架上，漣握著龍頭轉過來瞟了我一眼，左嘴角微微揚了揚，用狂妄的表情說。

「什麼啊，妳也是能老實坦率的嘛。」

這諷刺的語氣讓我火大，最後我出口反駁「吵死了」。從剛見面開始忍到現在，漣他想說什麼就說什麼。那我也這麼說。

他傻眼的嘆了口氣後，朝我伸出一隻手。

「包包。放車籃裡。」

我緊緊抓住膝上的托特包，波浪鼓般搖頭。

「沒關係，我自己拿。」

而後漣不高興似的堅持說。

「好了給我。要是拿著隨身物品，沒辦法用雙手抓著會很危險的。」

這一點都不像他，我嚇了一跳。他說危險，是在擔心我嗎？但他接下來的話，讓我知道這麼想的自己是個白痴。

「要是讓妳受傷，我就對不起爺爺奶奶了。」

啊啊，是這麼回事啊，我一下子沒了力氣。

說得也是，他並不會擔心我這個人。是因為要是讓房東的孫子受傷的話，就不能寄住在這裡。

我沉默的把包包塞到漣手上。

「妳這傢伙……這個遞東西的方式是怎樣。很火大欸。」

「囉唆。要是店打烊就糟了，快點。」

對這種白目男客氣是白痴，所以我想什麼就說什麼。

「我載妳一程，妳還一副高高在上的樣子。」

「我又沒拜託你。是你自己要我坐上來的。」

我以為他會生氣的大吼「那妳自己一個人去！」，但出乎意料的，漣忍不住大笑起來。

「妳就是漫畫裡的那種彆扭角色吧。」

他一邊呵呵笑，一邊開始踩自行車。因為他面朝前，所以我看不到他的表情。

雖說才剛認識，但我是第一次看見他笑得這麼開懷無憂的樣子。我莫名地想，這種桀驁不馴又冷漠的人笑起來到底是什麼表情啊。不過我沒有特別想看就是了。

「好了，快點騎。」

我一邊想著我還是不知道要怎麼應付這個人，一邊輕輕拍了拍他的背。

第二章　趁著黑夜

第二天，我的物品、衣服等日用品用宅配送到，拆完包裹、整理好書桌和櫃子之後，就沒有立刻要處理的事情了。

一想到假期結束就得去學校上課就憂鬱，但得待在不熟悉的房子裡消磨一整天也很痛苦。我對找個理由出門，但所到之處都只有山和海和房子已經覺得厭煩了。

在自己家的時候，可以窩在房間裡面看書、看漫畫，用手機隨便看看影片，沉浸在自己的世界裡，但在外祖父母家裡，就算做這些，還是常會覺得哪裡有人而無法平靜，覺得隨時會有人喊我，完全無法放鬆。

今天我也是一吃完早餐就立刻出門，從堤防怔怔地看著海。我望著一望無際、毫無變化的海面，聽著來來往往的海浪聲，覺得昏昏欲睡。

就在我完全失去時間感，在堤防上撐著臉，心不在焉的看海看藍天的時候，從右側忽然傳來喀啦喀啦車輪轉動的聲音。這聲音讓我回過神來。

心想是不是礙事了，我調整姿勢後看了過去，是推著自行車走過來的漣。從他還穿著制服看來，可能是從學校回來。明明在放黃金週假期，他還是每天去學校參加社團活動。

「妳在幹嘛？」

一如往常不客氣的問話。我冷冰冰的回答「沒什麼」後，轉回去看海。

我以為他會就這樣離開，但他卻停下自行車，站在離我幾步遠的地方開始看海。

這樣的話我換個地方吧，就在我準備移動時，他開口說「那個」。

「妳，為什麼要考這邊的高中？還有，為什麼四月沒來學校？」

我是有事先想過會有人問我這個問題。因為考上高中後都沒出現，一個月之後終於開始上學，這一點都不尋常。

不過，雖說如此，被人白目的問理由我還是火大。為了表達憤怒，我一臉嚴肅的回答。

「我覺得這是在侵犯別人的隱私。」

因為不想跟他繼續講下去，所以我刻意挑嚴厲的字眼說。

他這次一定會覺得不愉快而走人吧。我這麼以為，但他只是從鼻子裡哼了一聲而已，像是催著我回答似的盯著我看。

「……我有很多原因。不過，我不想說，所以不要再問了。」

我認為對這種不在意別人心情的人得說清楚，他才聽得懂，所以我回答得很乾脆。漣只是微微歪頭說：

「這樣啊，我知道了。」

他就這樣沉默下來，再次望向大海。

老實說，我不想待在他旁邊，希望他早點去別的地方。但是，要是這麼說的話，他大概會生氣回嗆，所以我也默默地看海。

中學時期，我幾乎沒有好好去上學。雖然中學一年級的時候沒遲到沒缺席過，但二年級讀到一半就開始完全不去學校，連畢業典禮都沒出席，也就是所謂的「拒學」。

在那之前，我一直是典型的好學生。但是，某一天就像斷線一樣，覺得『我受夠了』。雖然很普通，但之所以會這樣，是我和我覺得是好朋友的人之間發生了關係瞬間崩壞的事。我知道這種事很常見，特別在女孩子之間，但還是變得一下子無法相信身邊的任何人。

但是，我並沒有因為大受打擊而無法忍受。真要說起來，比較準確的說法是無力。所以，在發生那件事情以後，我有一陣子正常去學校上學。

不過，在因為感冒而請了兩天假，在第三天要去學校的時候，我覺得我不行了。完全不知道到底是為了什麼，我必須要強迫自己每天去一個一點都不喜歡的地方。一旦有這個念頭，不管怎麼努力，都沒辦法去學校了。

我就這樣繼續缺席，回過神來時已升上三年級，要升學考試的年級了。

暑假時導師有來家訪，說『過去的成績還不錯，從現在開始努力補習或在家學習的話，有可能考上中等的升學學校』。即使如此，我對於事到如今還能不能去學校覺得不安而茫然，爸爸說『妳不能一直這樣下去吧，好好考慮一下將來』。然後，給了我是讀市裡的函授高中，還是去可以從烏浦的外祖父母家上學的高中兩個選項。

這時候，我懂爸爸『把拒學的女兒送到岳父母家，把所有精力灌注在繼承家業、重要的兒子的教育上』的打算了。所謂重要的兒子，指的是我的弟弟真樹。

我弟跟我截然不同，人見人愛，個性直率，所以深受學校老師信任，朋友很多，成績也好，大家都覺得他前途無量。我自己也很清楚，比起在表現不好的姊姊身上費心，照顧好弟弟更加有利。

我知道不只爸爸偏愛弟弟，祖父母也不隱瞞這一點，比起我，媽媽也比較重視真樹。

也就是說，家裡的每一個人都不需要我。

聽到鳥浦時，我也只知道是媽媽的娘家，是個海港小鎮而已，雖然是個連名字都沒聽過的高中，但總比待在那個不舒服的家裡好，所以我向那所高中提交了入學申請書。

這就是我來這個小鎮的前因後果。連我都覺得無聊的故事。這種故事說出來只會被嗤之以鼻吧，所以我當然沒打算跟漣坦白。而且，四月缺席沒來學校的理由，要是被其他人知道了，一定會被嘲笑的，所以我絕對不會說出口。

在我一邊想，一邊漫無目的的看著波光粼粼的大海時，漣突然開口。

「鳥浦的海真的很美。自從住在這裡之後，我每天看，都還是完全看不膩。」

像是自言自語的話。

為什麼突然這麼說啊？我驚訝地想，靜靜抬頭往旁邊看時，發現他的側臉看得出某種殷切感，就只是直直正對著大海。我想，他應該很喜歡海吧？

「……吶，是說，你為什麼寄住在這？」

我莫名好奇問出口後，立刻就覺得糟糕，有點後悔。明明不想跟他再多說什麼，還刻意自己開了話題。

漣微微挑眉，像在思考什麼似的看向斜上方後，小聲地回答。

「嗯……類似想住在海邊……之類的？」

超隨便的理由。有人會因為這種事，特意離開家住到鳥浦嗎？

「這什麼……不是因為無論如何都想讀那所高中嗎？」

不過，那種平凡的中等普通科學校，似乎沒有這麼大的必要性。到哪裡都有類似的學校。

「不，不是這樣的……。」

漣打哈哈似的含糊回答後，忽然笑了笑，若無其事地說。

「但是妳想啊，要是在海邊，暑假就能盡情在海裡玩，不是很好嗎？」

對每天窩在家裡的我而言，雖然不清楚國高中生在海邊會玩什麼，但大概就是游泳、沙灘排球、烤肉之類的。

和為了逃避一切所以搬到這個小鎮的我不同，這想法很有漣的風格，他宛如一直活在照得到光的明亮之處一般，既活潑朋友又多。即便早料到會是這樣，但我再次意識到，他是我最沒辦法應付的那種人。

我不覺得之後跟這傢伙一起生活能處得好，就在我嘴角扭曲時，漣一下挺直背脊，把手搭在自行車握把上。

「差不多該回去嘍。快到吃午餐的時間了，得去幫忙。」

這話讓我在心裡暗罵，裝什麼好孩子。

住到鳥浦後沒幾天我就知道了，漣每天都做一些讓人生氣的「好孩子」行為。儘管可能是因為寄住在這裡所以覺得低人一等，但他不但每天早上會打掃浴室，每天餐前也都會幫外婆做飯，餐後還會收拾。社團活動結束回家後，會和外公一起去田裡工作，或是假日做ＤＩＹ木工。

我討厭這種因此連我都非得做點什麼的氛圍。比起討厭幫忙，更覺得和有血緣關係但不熟的人一起做事，卻連聊天都不知道要聊什麼的狀況很煩。畢竟不說話也很難受，整個既丟臉，心情又沉重。

如果連他都不在的話……我心裡湧起這個念頭，沒辦法坦然說「知道了，回家吧」，只好沉默的慢慢起身。

我跟在推著自行車開始往家方向走去的漣身後，裝做在看風景，刻意放緩腳步慢慢走。他要是覺得傻眼就先走好了，但他保持著一定的距離，就這樣繼續前進。真的是，每件事都讓人生氣。

外公外婆也都不是壞人。反而看起來都是非常好的人。完全沒有我家的人——爸爸和我的爺爺奶奶——那種肅殺之氣，外公雖然話不多，總是帶著溫和的表情，外婆善於交際，個性開朗，兩人總是面帶笑容。

即使如此，我還是不由得去想，他們其實覺得收留我很辛苦吧？年近七十了還得照顧過去幾乎沒有來往的孫女，一般都會覺得疲憊不堪。他們必定覺得我很麻煩，我不能當沒注意到。

唉，我無意識地深深嘆了口氣。而後漣像是聽見了似的，轉過頭來看了我一眼。

即便是白天，這個小鎮也理所當然沒有人，幾乎連經過的車子或電車都沒有，所以非常安靜，家裡也好、外頭也好，哪怕是一點點聲音，都不想讓人聽見。

「真波，妳總是一臉無聊的樣子。」

如我所料，被嫌棄了。

「因為就很無聊啊。」

雖然我拚命反擊，但漣只是傻眼似的聳聳肩而已。

回到家時，廚房已經傳出一點說話聲與動靜。顯然是外婆已經開始準備午餐了。

「奶奶，我們回來了，抱歉回來晚了。」

漣脫下鞋子後去浴室洗手，然後立刻走進廚房。我也只好無可奈何地跟進去，然後他一邊笑著和外婆說「今天中午吃什麼？」，一邊開始熟門熟路的幫忙。

我不知道該怎麼辦，就杵在門口看著他們兩人。我沒辦法像漣那樣隨心所欲地做菜。

就在我等著是不是要跟我說什麼時，外婆注意到我，轉過頭來。

「啊呀，小真，歡迎回來。」

「我回來了……。」

「怎麼了，是渴了嗎？幫妳準備可爾必思好不好？也有麥茶喔。」

「啊，不用……。」

我輕輕搖頭，漣瞟了我一眼，再次微微聳了聳肩。真的是，樁樁件件都討厭。

「午餐馬上就好了，去起居室等一下喔。」

「啊，不……好的。」

我點點頭，離開廚房。雖然漣盯著我看的眼光讓我不舒服，但我無視了它。

因為，是外婆說要我等一下的，所以沒關係吧。我在心裡找沒有人會聽見的藉口。

儘管我想到應該要準備分裝盤或筷子，想著要不要自己去開櫃子，不過左思右想到最後就這樣坐了下來。一邊聽著從廚房傳來的做飯聲和兩人開心的對話聲，一邊抱膝坐下，一動也不動的等著時間流逝。

等了一會外公來了，坐在我對面。一如往常帶著滿臉笑容拿起遙控器打開電視。就在我覺得好像不用說話也可以而鬆口氣的時候，外婆說「做好嘍」的聲音從廚房傳了過來。漣很快端著托盤走了過來。

他看了眼矮圓桌桌面，皺眉說。

「真波，妳至少要準備筷子吧？」

這語氣讓我火大，不由得眼神凌厲地看向他時，外公準備站起來。

「讓外公來。」

這話讓我慌忙搖頭。

「啊，沒關係，我來拿。」

我笨拙地舉手站起來，把手放在櫃門上時，外公笑著說「這樣啊，謝謝妳」。

我一邊因為終於有事可做而鬆了口氣，一邊拿人數份量的的筷子和分裝盤回來後，飯菜已經擺好了。

白飯和味噌湯，照燒雞肉和燙菠菜，還有里芋絞肉。

又來了，我有點膩。為什麼這個家裡每次吃飯的時候，也就是一日三餐，桌上都會有里芋料理啊？

我搬到這裡來那天，晚餐的其中一道菜也是煮里芋。那天晚上，我可能因為緊張或疲倦而沒什麼食慾，幾乎沒有吃，但只有柔軟的里芋讓我想吃，幫了我大忙。

可是，變成餐餐都有就是另外一回事。我雖然不討厭，但確實吃膩了。外婆應該很喜歡里芋吧。然後外公，甚至是漣可能也喜歡吃。不管答案是什麼，再怎麼喜歡，每餐都吃也太過頭。這話當然不會說出口就是了。

「我開動了。」

漣雙手合十，朝外公外婆輕輕點了個頭後拿起筷子。

「來，請用。」

外婆開心地笑著拿起筷子。

漣的餐費和生活費好像是他爸媽直接轉給外公他們的，但他總是誇張的說「我開動了」、「感謝招待」、「一直很謝謝您」。看他準備飯菜、收拾餐具，還積極的幫忙其他家事的模樣，我不由得偏激的認為，要想討人喜歡，做這些這也是沒辦法的事。

開始用餐後，漣和外婆一如往常地開始有說有笑。

「小漣，你社團練習怎麼樣啦？」

「嗯，雖然天氣變熱所以很辛苦，但大家都很努力喔。」

「是啊，熱起來在體育館裡一定很難受。」

「嗯。但是，球隊也練習順利，雖然辛苦但很開心。」

外公總是笑著聽他們兩人聊天。我盡量不去看他們，默默地吃飯。

「之前你說過有比賽對不對？」

「嗯，放假完之後的週末。因為是新秀賽，所以我也會上場。」

「啊呀，就快要比賽了啊。你爸爸他們會來看嗎？」

「嗯，預計會。有聯絡我說爸爸跟媽媽兩個人來。」

這不經意的一句，讓我知道漣是被他父母重視而疼愛的。他努力參加社團活動，成績應該也不錯，當然不會拒學，而且在寄住的地方也能建構這麼良好的關係，的確是個值得自豪的兒子。

另一方面，我不管是運動或學業都無法抬頭挺胸的說自己很會，最後去不了學校，也無法順利與在這個狀況下收留我的親生祖父母混熟。和他真是天壤之別。

「家人會來看，我得努力不拖前輩們後腿。下午我會再自己去練習。」

「喔喔，還要去呀。路上小心喔，回來的時候天都黑了吧？」

外公說完後，漣笑著說「謝謝，我會小心的」。

看起來就像是真正的祖孫。和樂融融的三個人。沉默縮在角落繼續吃飯的我。

明明應該是在同一個空間裡，卻像是只有我在不同次元。有種一個人在幽暗的房間裡，坐在電視機前面，呆呆看著宛如繪畫一般和平幸福家庭連續劇的感覺。

在我家，爸爸工作很忙，真樹也會在補習班待到很晚，所以大多都是各自用餐。媽媽住院後是我在準備晚飯，所以我總是傍晚做好飯後就早早吃完，躲回房間，然後算好爸爸和真樹吃完飯的時間再收拾。

就算偶爾時間搭得上，全家一起吃飯時也是，爸爸會一邊用電話處理公事、看雜誌或看新聞一邊吃，真樹會一邊看著單字本一邊吃，我雖然沒什麼事還是會一邊玩手機一邊吃，是沒有人會開口說話的安靜餐桌。

所以眼前這和樂融融的用餐景象，對我來說是非常稀奇、很不習慣的。媽媽身體還健康的時候應該也有四個人一起吃飯過，但我現在完全記不得了。

沒有容身之處，我想。這是當然的，因為這裡不是我的容身之處。所以待得不舒服是很正常的。我輕不可聞地偷偷嘆了口氣。

吃完索然無味的晚餐後，我站了起來，把餐具放進水槽，匆匆回到自己房間。

我滿腦子都是不想再待在那個空間裡。

吃完晚餐後的時間，是我最憂鬱的時候。

我不能像白天那樣到外面走走，必須在我一點都平靜不下來的屋子裡消磨時間。

討厭討厭，我一邊想一邊不經意地望向窗外，看見深藍色的海。忽然想起搬家那天聽到的話。

晚上會出現幽靈的沙灘。

我莫名在意。真的會出現幽靈嗎？不，雖然我知道這世上沒有幽靈，但是，為什麼會有這種傳說呢，真在意。

這種鄉下小鎮晚上的海洋，應該一片黑暗、非常恐怖的吧。但是，一定比這個喘不過氣來的地方好。

想到這裡，我站了起來。

我拉開拉門，從小小的縫隙朝走廊看去。漣已經回到二樓自己的房間。外婆在洗澡。外公是個相當早睡早起的人，現在應該已經睡了吧。

如果是現在，我相信去得成。我放輕腳步聲往玄關走去，穿上鞋子，慢慢拉開拉門。

室外的空氣一口氣吹了進來，雖然已經變得很溫暖，但畢竟還是晚上，天還是涼。但是，這樣感覺比較好。

好，我小聲地說，朝著海的方向，在黑暗中奔跑。

我靠著路燈微弱的點點光亮到了海岸線，把手放在堤防上往下看。正下方是岩石區，看起來不在這裡。

我沿著堤防往前走，走了一會後，看見通往沙灘的樓梯。我是第一次來這個地方，所以有點緊張，小心翼翼地往下走。

踏上沙灘時，我幾乎看不見小鎮上的燈火，只能靠著反射在海面上的月光。

我踏在沙子上，沙沙作響，沙子跑到球鞋裡感覺很不舒服。我刻意不去想那個粗礫的不適感，漫無目的地走著。

我抬起眼，看向海面。就在這個時候。

有人。

有個人浮現在月光下，站在海浪拍打的岸邊。

「欸……幽、幽靈……？」

我不由得喊出聲。睜大眼睛，凝視著白色的身影。

身體線條流暢、高䠷、修長的背影。似乎穿著白襯衫配淺灰色牛仔褲。看起來是個年輕男人。

真的有幽靈。想到這的瞬間，我全身冒出雞皮疙瘩。

明明是我聽說沙灘上有幽靈出沒，所以特意過來，但親眼看到他的時候，我還是怕得背脊發寒。

「騙人的吧……真的有啊？」

我聲音卡在喉頭般的低語，但顯然聲音還是傳了出去，白色的身影緩緩的動了。

我的心跳一口氣加速。雖然想逃，但就像被縫死在沙灘上，動都動不了。

幽靈回過頭往我這邊看。我「呀」的尖叫，卻發不出聲音。

就在我動都動不了，只能看著他的時候，我發現幽靈微微歪頭。

「晚安。」

我一瞬間無法理解我聽見什麼話、是誰的聲音而楞住。然後立刻發現是幽靈在跟我說話。

我沒想到明明是個幽靈卻輕鬆隨意地跟我打招呼，心情莫名鬆懈下來。全身上下的恐懼感迅速消褪，取而代之的是湧起的好奇心。

「……晚、晚安。」

我小聲回答後，幽靈燦然一笑。然後踩著沙子沙沙作響地朝我走了過來。腳步輕快得不像是個幽靈。

在我的心跳還沒平復下來呆站在那裡時，幽靈在我幾步遠的地方停下腳步，微微彎下腰看著我。

「沒看過妳啊。」

他露出穩重的微笑對我說。

仔細一看，幽靈有著一張非常好看的臉。清晰的雙眼皮，水亮的大眼睛，令人印象深刻。皮膚很白，在月光照耀下散發著帶藍的白色光芒。在海風中翻飛的微長翹翹頭髮顏色也很淡，髮尾呈現淺淺的半透明色。看上去像二十出頭。

「啊……我才剛搬來。」

當我回話時，我開始覺得他可能不是幽靈。他的腳牢牢地踏在地面上，聲音也很清晰。從他『沒看過妳』這句話，聽起來他應該是住在附近的人。

「這樣呀，歡迎來到鳥浦！」

他笑著說。

有朝氣、開朗，而且非常友善，笑起來彷彿會進入你心裡似的。明明應該是個大人了，但用宛如少年來形容卻最合適。他看起來比高中生的漣還要像少年。

我一邊想一邊回望著他時，他微微揚眉，興奮地說：

「莫非，妳是在新的地方探險？」

探險這個詞，就像是小學男生一樣，我不由得笑了。

「什麼探險……我已經高一了，不會探險。只是想呼吸一下外面的空氣走一走而已。」

我回答完後，他瞇起眼睛說「原來如此，是高一生啊……」。

他英俊的臉上浮現出的表情莫名地溫柔，又有某種感傷，我的心猛然一跳。突然無法直視他，我別開視線，裝做在看腳邊。

不多久，頭上傳來柔和的聲音。

「要散步是可以，但這個時間一個人出來散步很危險喔。」

我覺得我好像被當成小孩看待，微微嘟嘴抬起眼。

「你也是，這個時間在這裡做什麼啊？」

我反問後，他微微睜大眼睛，緩緩看向海面。

「我……。」

我的視線也隨之而動。

眼前是一片廣闊無際的深藍色海洋。海面之上，是同樣廣闊無垠的群青色夜空。還有美麗的黃色月亮與銀色星辰。

今天是滿月。遠比路燈或燈塔還亮的光落在海面上，波光粼粼。

他沉默的看了這個景象好一會，而後再次開口說「我」。

「我只是來看晚上的海，而已。」

「……刻意挑這個時間？」

要看海的話選白天，就算是想看晚上的海也選早一點的時間比較好吧。當我覺得不可思議地開口問時，他突然微笑起來。

「嗯。這是我每天晚上的例行公事。」

「看晚上的海？」

「對。因為下班後才來，所以就是這個時間了。」

「欸……。」

工作這個字眼帶來的現實感，讓我再次因自己誤會了而覺得尷尬。

「……果然不是幽靈啊。」

我小聲低語，他睜圓了眼睛說「欸？」。

「妳剛剛說的是幽靈嗎？」

「啊，對不起。」

不知道是不是讓他覺得不愉快了，我慌忙道歉。

「我聽說這片沙灘有幽靈出沒，所以遠遠看見你的時候，我不由得誤會了……真的有幽靈！這樣。」

他被我的話逗笑。

「欸欸——妳覺得我是幽靈嗎？我明明有腳，而且也不透明啊。」

「對不起……怎麼說，那個。」

我吞吞吐吐的回答。

「那個——怎麼說，因為白白的……。」

我一邊想著自己都覺得蠢的理由一邊回答，他一瞬間睜大眼睛，而後「啊哈哈哈！」大笑出聲。

「哈哈哈，妳好有趣喔！」

他捧腹大笑，好像真的很有趣。

「欸……是嗎？」

我從沒有被別人這麼說過，所以驚訝地睜大眼睛。

「很有趣喔！啊哈哈，原來如此，幽靈啊……。」

他好像笑得停不下來似的，單手扶著額頭，然後喉嚨發出科科科的聲音。

「啊——我好久沒笑得這麼誇張了。有種很開心的感覺。」

第一次有人說我有趣、和我聊天很開心。光是聽到有人因為我的話而發出這樣的笑聲，我的心裡就有種暖暖的感覺，身體也像輕飄飄浮在空中似的。

但下個瞬間，我有種想嘲笑自己的感覺，不可能吧。我怎麼可能有趣。一定是我誤會或是客套話。我最清楚我是個半點都不有趣的無聊人。相信字面上說的只顯得蠢。

明明拚命地告訴自己，但從他無憂無慮的開朗笑容中，我還是不由得覺得他說的像是真心話。

在我左思右想、心情還沒穩定下來的時候，他還「啊——笑死了」的沉浸在大笑的餘韻中。

「可惜的是，我……不，說可惜應該是那個吧，幸運的是，我還活著喔。不好意思讓妳失望了。」

他擦去眼角滲出的淚水，瞇起眼睛看著我。

「真的非常抱歉……我說了幽靈這種沒禮貌的話。」

我微微鞠躬道歉，他在面前擺擺手說「沒關係沒關係」，然後，突然說「真的」。

「……如果真的有幽靈，我會很高興的。」

他帶著淡淡的笑容，說了這句意味深長的話。

「欸？很高興？」

我以為自己聽錯了所以反問，但他沒有回答，只是輕笑一聲，沉默地重新看海。

總覺得不對勁。我知道他的確不是個幽靈，而是活生生的人，但總覺得他渾身上下有種不屬於這個世界般奇妙的氛圍。

對話終止後，被海浪聲音包圍。現在，我聽不見從任何地方傳來的車子引擎聲、家家戶戶的日常生活聲。

世界只充滿了大海的聲音。

「……差不多該回去了。」

過了半晌，他打破沉默般輕輕開口。老實說，我覺得自己應該再待一會，但還是點點頭。

為什麼我不會對他擺出平常那種難聽的口吻或彆扭的態度呢？為什麼啊？是因為他獨特的氛圍，還是因為他笑我很有趣呢？我只跟他聊了一會，就有種他在對我說這樣就好、我整個人都被肯定的感覺。雖然只是我個人的想法。

「我送妳回家。」

他一邊說，一邊朝通往堤防的樓梯走去。

我坦率到自己都嚇到的回「謝謝」，慌忙追了上去。

「妳家在哪？」

「那個，三丁目的……。」

我告訴他剛背起來的地址後，他露出笑容。

他送我到家附近，在街角的電線桿旁，我說「到這裡就好」。要是被漣或外婆發現就麻煩了，我想。

「馬上就到了。」

「這樣啊。好，路上小心。」

他仍然帶著笑容，用溫柔的聲音繼續說。

「雖然在陌生的地方會很辛苦，但要加油喔。」

我點點頭。不知道為什麼眼角一熱。聽他這麼說，我才第一次意識到，我因為在陌生的地方展開新生活而累垮了。

「再見……。」

我小聲說完朝家的方向走去。走了幾步後，我依依不捨地回頭一看，他還帶著滿臉笑容朝我揮手。我也輕輕揮手回應。

往前一看，這個讓我憂鬱的昏暗鄉下小鎮，看起來似乎稍微明亮了一點。身體不可思議的輕盈，有種輕飄飄浮在空中的感覺。我無意義的踩了下腳跟，兩手朝向夜空，大大地伸展。

總覺得，可以努力下去。雖然沒什麼確切的證據，但我忽然就這麼覺得。我在心中對自己說，從現在開始，這是我的小鎮。

我帶著從玄關出去時完全不一樣的輕鬆心情，朝著家門跑去。

第三章　害怕清晨

睜開眼睛的瞬間，我就開始身體不舒服了。

確切的說，是昨天傍晚開始就沒有食慾，胃那邊刺刺的疼。痛恨清晨到來，就這樣幾乎是一夜無眠、半夢半醒到天亮，覺得肚子痛、想吐，身體沉重。

我知道為什麼。因為經過一個漫長的假期，今天開始要去學校了。而且，是第一次去入學後一次都沒出席過的學校。

我之前怎麼都沒辦法去的中學，以及即將就讀的新高中，我知道地點和人都完全不一樣。但同樣都是「學校」。

我對高中沒有半點期待或興奮之情。有的，只有有必須跳進一個陌生環境的痛苦和倦怠感。

學校這種地方，到哪都是一樣的。中學和高中也一樣。把只是碰巧同齡的幾十個家庭背景、外型、性格、興趣嗜好都不同的人，沒有必然性或脈絡的塞進一個教室裡，形成僅限於此的關係，並且假裝「好像相處融洽」的地方。

光是想到必須置身在這種人際關係中，我的心情就宛如硬被塞進充滿泥濘的沼澤地似的。

我不想去。這個念頭忽然浮現，心情一下就被影響了。我不想去。我不想去學校。我滿腦子都是這個念頭。

吃完早餐，回到自己房間準備出門的期間，我的身體越來越沉重，有種要陷進榻榻米裡的錯覺。

我背靠著牆緩緩蹲下。無力歪著頭時，看見掛在對面牆上鏡子裡的自己。看不慣，也穿不慣的制服模樣。深藍色的裙子，以及白色的水手服。鮮紅的蝴蝶結噁心死了。

我要穿著這身衣服去學校。要被關在那個封閉而窒息的空間裡幾個小時。光是想像就又想吐。

還是不想去。我想就這樣鑽進被褥裡睡覺。

付諸實行吧。如果我說「我身體不舒服，今天請假」，外公外婆一定不會逼著我出門吧。對，請假休息吧。

就在這時，走廊傳來地板嘎嘎作響的聲音。這個腳步聲，是漣。

「喂，真波。」

果然是他，我輕輕嘆了口氣。他特意過來，所以我站起來，打開拉門。

漣穿著制服、肩背書包站在那。一臉的不高興。

和那個人完全不一樣，我腦中忽然浮現出這個念頭。幾天前，我在夜晚海邊遇到的那個「幽靈」先生。他一定不會對人表現出這種不耐煩的表情吧。雖然我只見過他一次，但不知道為什麼，我認定這一點。他一定總是帶著開朗的笑容，絕不會說出負面的話語，原樣接受、認同對方的存在。

「你在磨磨蹭蹭什麼？再不出門會遲到的。」

「……你不說我也知道。我現在正要走。」

我小聲說完，漣刻意地聳聳肩。

「小孩的藉口。」

為什麼他只會這種討人厭的說話方式呢。嘴真的很壞。或者是說，個性很差。

「妳趕快準備。不然連我都要遲到了。」

我拚命忍住自己的不爽拿起書包，注意力忽然被他的話給吸引住了。

『連我都會遲到』？這也就是說。

「咦，你要跟我一起走嗎？我不想欸。」

我霍一下抬起頭，說完後漣皺起眉頭。

「什麼妳不想。也太沒禮貌。我是覺得妳一個人可能到不了學校，所以特別來找妳的。」

「我一個人可以去。」

「妳不知道去學校的路吧？」

我一時語塞，而後痛苦反駁。

「……我用手機查就知道了。」

漣哼的一聲，嗤之以鼻。

「離車站很遠喔。妳明明才剛搬來，真的能自己走到車站嗎？迷路遲到我可不管妳。」

宛如威脅。我雖然火大回瞪，但的確如他所說。

如果會變成這樣，我應該趁連假期間先去探探到高中的路。因為本來就討厭學校，所以不想在難得的假期裡靠近它的念頭勝出，我說服自己，一切都會有辦法的。但是，我不想第一天上學就遲到，給人不好的印象。

「……我知道了。請多指教……。」

我呼的嘆了口氣說完後，漣傻爆眼的歪頭說「妳一開始就老實講啊」。我拚命把心中湧起的抱怨吞回去，緊握拿書包的手。

就在我拖拖拉拉跟在漣身後走到玄關時，他朝著起居室喊。

「爺爺、奶奶，我出門嘍。」

啊啊，我失望的嘆氣。雖然覺得很抱歉，但可以的話，我今天想默默的出門。只有今天，我不想跟外公他們對話。

兩老從起居室出來。我一邊在心裡祈禱只要稍微打個招呼就好，一邊說「我出門了」。

外婆穿著傳統圍裙一邊擦手，一邊微笑看著我。

「小真，終於要第一次去學校了啊。加油喔，早點交到好朋友喔。」

看吧，我就知道，我在心裡垂下頭。我不喜歡聽到這種話。明明我就不需要交朋友，我本來就不需要朋友。期待我被很多好朋友圍繞，過著幸福的高中生活我很困擾，只覺得有壓力。我和漣不一樣。

我含糊地回應，再次說「我出門了」，朝兩老微微點頭致意後出了玄關大門。漣也立刻走到外面。

「真波，我們動作得快點。要是沒搭上三十二分的電車就糟了，再拖拖拉拉下去真的會遲到。」

他一邊看錶一邊催著我說。

距離我們上課的高中最近的一站，是鳥浦的隔壁站。我覺得只有一站，不搭電車也沒關係吧，但這附近跟N市不一樣，每一站之間的距離很長。據說是難以步行抵達。

「妳早點學著騎車比較好，騎車去車站就方便了。」

「……多管閒事。」

我低著頭回答。

「沒關係，我不介意步行。漣你要跟平常一樣騎車去也可以喔，我之後再去。」

這麼一說他大概又會嗆我，或是露出傻爆眼的表情吧，我想，抬頭瞟了他一眼，意外的發現他輕輕的笑了。

「妳是第一次喊我的名字。」

這意料之外的話，讓我嚇了一跳，睜大眼睛。

「妳好像很堅持都不說，所以我以為妳永遠都不會喊我名字。」

漣呵呵笑著，朝車站的方向走去。我對著他的背影小聲地說。

「……你不喜歡的話，我不會再喊了。」

連我自己都覺得這回答很自怨自艾。從背後都看得出他呼地嘆了口氣。然後他回頭看了我一眼。直接了當的視線射穿了我的心。

「我什麼時候說過討厭？妳啊，真的是……。」

傻眼地碎念後，轉了個念的他說。

「算了算了，趕快走。」

我咬著唇，默默地跟了上去。

「這裡。班導在裡頭等妳。」

漣領著我去的，不是教室，而是教職員辦公室。

這讓我稍稍鬆了口氣。突然走進新教室會讓我覺得心情沉重。走進校舍內的時候也是，不是走擺了學生鞋櫃的大門口，而是走教職員出入口，所以我幾乎沒有碰到任何人就到了。

「還有，從這往裡面走，在盡頭左轉後有通道，連接教學樓。」

「……喔。」

那裡一定擠滿了數不清的學生吧。我光是想像都覺得煩，嘆口氣點點頭。

似乎是我的導師拜託漣先帶我到教職員辦公室的。學校應該也知道我跟他住在同一個屋簷下，莫名覺得心情低落。

「那個，說是有很多要說明的事。」

「嘿……。」

光想就憂鬱，我低著頭應道。

「啊，老師！」

我隨著漣的聲音抬起頭。順著他的視線看過去，一個大概四十多歲的男老師向門口走來。

「您早。」

「喔。美山，早安啊。」

「我帶白瀨真波來了。」

「這樣啊這樣啊，謝謝你特意幫忙。」

「不，一點都不會。反正住在一個家裡。」

老師輕拍他的肩膀，漣微笑回答。

光是這個互動，我就清楚了解他在學校也表現得是個「好孩子」。正確的打招呼，確實使用敬語，有禮貌而且能進退有度對答的「好孩子」。他的成績和生活態度也一定都好，願意接下別人不喜歡的工作吧。

果然是呢，我在心裡諷刺。雖然我有自覺自己只是在遷怒，但我不管是哪一方面都跟漣完全相反，阻止不了我宛如黑色濁流般的感情在我心底盤旋。

導師看向我，笑著說「歡迎妳來，白瀨」。我意識到自己的表情因為這句話而不由得僵硬起來，默默地點頭致意。

「我是一年四班的導師山岡。雖然有點急，要跟妳說明學校相關的事情，進來吧。紙本資料我已經從妳家長那邊全部拿到了，所以就解釋一下上課和班級的狀況。美山你先去教室。」

雖然我有這個預感，但從老師的語氣聽來，我好像跟漣同班。感覺這樣下去會很麻煩啊，我在心中嘆息。

「是，我知道了。」

漣點點頭，鞠躬說「報告完畢」後，從走廊往裡面走，消失了蹤影。

儘管我超討厭他，但一下子在不熟悉的地方，只剩我和第一次見面的老師兩個人，我感到一種難以形容的不安，我討厭這樣的自己。沒那傢伙也無所謂。我這樣告訴自己。

老師領著我到教職員辦公室一角，一個用隔板隔開的區域。裡頭擺著桌子和沙發。雖然老師要我坐在那裡，讓我看校內地圖、課表、年度行事曆，但我幾乎沒有記進腦子裡，左耳進右耳出，只是隨便應和而已。

「好吧，如果妳有什麼不知道或煩惱的事情，去問美山，他應該會幫妳。有個讓人放心的室友真是太好了。」

雖然我心裡想著我絕對不會問他，但嘴上答著「是」。

最後老師交給我大量的教科書和補充教材，我抱著變得超重的書包，在老師的目送下走出教職員辦公室。

我穿過連接的走廊，從主大樓走到教學樓。是個非常老舊的學校。可能是帶著沙塵的海風不斷吹拂，我總覺得地板和牆壁粗粗黏黏的。

據老師說，一年級的教室好像在一樓。教職員辦公室在二樓，所以我得走下樓梯。

就在我從連接的走廊踏進教學樓的瞬間，喧囂包圍我全身。迎面而來的，是穿著相同制服、相同表情，宛如複製一般數不清的學生們。

久違的「學校」氣息，讓我起了一身雞皮疙瘩。

我低著頭迅速穿過走廊，一口氣跑下樓。

到一樓後我往右看。馬上看到寫著【一年三班】的班牌，再往裡看見【一年二班】。確認後我往左轉走去。

我迅速穿過那些聚在走廊上笑著和朋友聊天的學生們，在教室門口駐足。我不由得抬頭盯著懸掛在我頭頂上方的班牌。

接下來要走進教室，突然進入幾十個我不認識的人之間。那之後，必須和他們混在一起上課。光想就覺得很崩潰。

教室裡傳來許多笑聲。開學已經一個月，他們的人際關係網應該幾乎建構完成，也組成感情好的小團體了吧。雖然沒有親眼見到，但我能輕易想像他們在假期結束後再見面的開心模樣。

「好久不見！」

「跟大家一起玩真是太開心了！」

「放暑假再去吧——。」

「下次去看電影喔。」

「有去哪裡旅行嗎？」

「我和表妹去了迪士尼！」

當我聽著從四面八方傳來的零碎對話時，有種血液逐漸流失的感覺。教室裡一定到處都是因開心而帶著笑意的臉。光是想到會被捲入這個數不清的笑容漩渦中，就覺得呼吸困難。眼前越來越黑，全身無力。

要是不早點進教室，班會就要開始了。雖然知道，但我一步都動不了。

我一個人站在緊閉的門前，一動也不動。好想就這樣變得透明然後消失。就在我這麼想的時候。

「喂。」

突然，有個聲音從背後傳來。我嚇得回頭一看，漣就在我身後。

「妳在做什麼啊，真波。」

我深呼吸了一口氣。可能是一下子吸進太多的空氣吧，我的肺有點痛。

「……沒什麼。」

我盡可能調整好呼吸後回答的聲音沙啞，漣大概幾乎聽不見吧。他小小皺眉後，微微歪頭說。

「趕快進去。大家在等妳。」

這話讓我咬緊唇。『大家在等妳』？常有人隨口這麼說。但我這種人，到底誰會想等我？是的，不會有人在等我。畢竟之前都沒露過臉，現在才突然出現，而且是在這麼奇怪的時間點到校。班上同學看來，應該只會覺得我是個「突然出現的詭異分子」。

身為一個多餘的人，加入已經建構完成的班級裡。這時會讓人喜歡的，只有非常可愛或帥氣、個性相當開朗或有趣，又或是比別人用功或擅長運動這類特別幸運的人吧。

但這些我都沒有。容貌非常普通，性格自卑，一無是處。

有我這種人加入，大家一定會用失望的眼光看我。想著到底是什麼人開學後突然不來上課，一定會覺得是來了個無聊的傢伙吧。

果然沒辦法。我想回去。

就在這個時候。

「好了，快進去。」

普普通通的一句話，同時我的背被推了一把。

我連驚嚇的時間都沒有，漣從我身邊穿過，唰一下打開門。

然後，在啞口無言的我面前，突然出現一片「教室」的景象。

注意到門打開的聲音，漫不經心看向我的諸多視線。他們預期應該會出現熟悉臉孔的眼睛，頓時睜大。

「哇。」

「咦？」

「欸——？」

四面八方都有聲音響起。明顯是因我的出現而驚訝不已。我尷尬的慌忙低下頭。比平常還要內八的腳尖，彷彿體現出我的可憐無措。

從一口氣熱鬧起來的教室深處，傳出一個響亮說「莫非是！」的聲音。我不由得看過去，對上一個指著我、看似活潑的女孩視線。

「白瀨真波同學!?」

怦怦，我的心臟狂跳。然後有種從內側咚咚咚咚激烈敲擊的感覺。

漣雖然回頭對著僵著動不了的我說「進來吧」，但我好像身體裡被綁了一個重物似的，無法動彈。

「啊，十號的白瀨同學!?」

另一個女孩出聲。十號，似乎是我在這個班上的座號。剛剛班導跟我說的。

「白瀨就是一直請假的那個同學吧？」

「哇——太神奇了——！」

「嘿，來上課啦——。」

「吶吶，妳為什麼請假？生病？受傷？」

「欸你，不要問這種事啊。真白目！」

「啊，抱歉，白瀨同學！」

「吶，妳今天開始可以來學校了？明天開始也一直會來嗎？」

我被靠過來的男女同學和接連不斷的問題淹沒，全身更僵硬。感覺到冷汗從我太陽穴流下來。

然後，站在我斜前方的漣，忽然舉起右手與胸同高。

「你們……。」

帶著苦笑的側臉，他看著班上的同學們。

「你們客氣點。一下子突然黏上來，會嚇到她吧？」

包圍我的人牆一下子崩解了。

「說得也是，抱歉抱歉。」

「因為我們一直很在意啦——所以忍不住。」

「白瀨同學，等下再聊——。」

合掌道歉，然後揮揮手離開。

我睜大眼睛看著漣。就這樣一句，大家就聽他的話了。彷彿一聲令下。光是這樣就代表他是有人望的吧？

黑色的感情再次湧上我的心頭。和我完全相反的漣。受到大家的愛戴、信任、尊敬。我不羨慕。只是煩躁。

「真波的座位在那裡。」

我沉默地照著漣的指示走到後面的位置。連謝謝都說不出來。

他一如往常傻眼的聳聳肩，到講桌前的位置坐下。

我低下頭，從書包裡拿出課本。這期間一直斷斷續續有不客氣的視線看過來。被問題轟炸很困擾，但像這樣被人感興趣地看著也感覺很不舒服。

「什麼什麼，漣，你跟白瀨同學很熟嗎？你喊她真波啊。」

坐在漣鄰座的男生問他話的聲音傳來。他似乎想小小聲地說，但我聽得很清楚。為什麼音量不再低一點啊，我火大的想。

「與其說熟……我之前提過吧，我現在寄住在我爸媽的老朋友家，真波是他們的孫女。」

「欸？真的假的!?住在一個屋簷下的意思？」

「嗯。」

「真的假的！跟女孩子同居？哇靠——是命運？戀愛的前奏？好像電影喔！」

「說什麼啊你，笨蛋——。」

漣覺得好笑的笑了。見狀，我在心裡嘲諷，完全否認欸。這種誤會，之後會引發麻煩的狀況。

「白瀨同學。」

旁邊忽然有個聲音跟我搭話，我嚇得肩膀一震。小心翼翼地往旁邊一看，是個帶著滿臉笑容看著我的女孩。

「初次見面，妳好！我叫橋本由佳。請多指教呀。難得坐在隔壁，要是有什麼不懂的，都可以問我喔！」

我明明想回答請多指教的，但喉嚨像被扼住似地痛苦，發不出聲音。

她一瞬間覺得不可思議似地歪歪頭，但重新整理心情似的再度露出笑容開口。

「妳跟漣住在同個家裡吶。真厲害！要是跟漣一起的話，什麼事都能安心了！太好了。」

我知道我得說點什麼，但果然發不出聲音，她不在意無言以對的我，沒有停頓的繼續說下去。

「這個班級啊，男生女生感情都很好，氣氛很棒喔——。」

聽到她的話，周圍的學生紛紛點頭，也開始加入話題。

「對啊對啊。班導啊感覺也很不錯，這是當然的！」

「大家都很好，要是有什麼困難，隨時可以放心的找任何人問喔！」

「妳可能會擔心很多事，不過，放輕鬆吧！」

看著我的諸多視線，善意的話語，親切的笑容。被這些包圍，我的心跳越來越快。

哪個是真誠的笑，哪句是真心話呢？不，或許全是假的。他們說不定對缺席一個月的我有毫無顧忌的好奇心、對有特別待遇的我抱持敵意。

一思及此，我放在膝上的手指顫抖，額頭和背脊冷汗直流，胃裡一陣疼痛。視線像失焦一樣模糊。呼吸困難。

「喂，真波？」

忽然有人用力搖晃我的肩膀。

「妳還好嗎？」

是漣。他站在我旁邊，一臉驚訝地看著我的臉。

大概是看慣他的冷臉，我的肩膀忽然一下放鬆下來。深深吸氣，把空氣送進肺裡後，感覺好多了。

但是沒能正常發出聲音的無言沉默，果然讓漣皺著眉盯著我。然後他轉回過身，對背後的同學們說。

「你們先回座。突然被這樣團團圍住，應該會怕吧。」

他們紛紛說「也是。抱歉」、「好——了解」的散開。

漣見他們散了，在我旁邊坐下。

「欸妳，是怎麼回事？身體不舒服？」

雖然不好意思，但這件事我不想跟漣說。

「……沒什麼，我沒怎樣啊？」

我一邊覺得沒有看著我的視線，因此能好好發出聲音說話而安心，一邊小聲回答，他再度皺眉。

「那妳為什麼不回話？沒看到大家特意主動找妳聊天嗎？」

我再次小聲地說「沒什麼」。不想說前因後果。

「只是不想說話而已。」

漣傻眼的聳肩。

「什麼啊，女王陛下嗎？這樣會交不到朋友喔。」

這白目的發言讓我大為光火，瞪了回去。

「我才不需要什麼朋友。反正……。」

因為朋友什麼的只是表面關係而已。因為反正總有一天會被背叛。我最後沒有繼續說下去。如果我說這種話，顯而易見的，漣會強烈反駁。

正好就在這個時候，班導走進教室，宣布班會開始。漣不得已回到自己的座位，我打心底鬆了口氣。

「——妳態度也太惡劣了。」

第四節課結束開始午休時，我立刻被漣帶出教室。然後把我帶到人跡罕至的走廊盡頭，一臉嚴肅地開始說教。

「是怎樣？大家特意關心妳、找妳說話，妳卻冷著一張臉。感覺超差。妳連正常回應一下都不會？」

「辦不到。」

我對明明同齡，卻一副自以為了不起對我說教的他反感而立刻回答，他刻意的嘆氣回應。

「妳這人……。」

我當然清楚自己態度不好。因為我雖然只有早上發不出聲音，但面對下課時間就來找我說話的橋本同學，以及輪流過來問我問題的其他同學，我都只是低著頭，回答「嗯」、「不是」兩句話。

但這也沒辦法，我想。對離開「教室」一年半以上的我而言，被剛認識的同齡人包圍、找我說話，除了痛苦之外再無其他。

而且，看見遠處的漣被朋友包圍開心的笑著，自願幫老師忙，一一親切應對其他同學拜託的事，我更火大了。

「是說，漣你才是怎樣。對大家都一副好臉色。裝什麼好孩子啊？」

我不想再聽他批評我，故意轉移話題。

「雖然我只看了半天，但非——常清楚喔。漣不僅是對我家外公他們，對老師和班上的同學也都表現出好孩子的樣子啊。真是了不起呢。」

我一口氣憤懣的說了一堆，漣睜大眼睛。

「明明裝乖孩子一——點好處都沒有。」

我衝口而出，他一臉意外地眨眨眼睛。

「什麼，真波，妳裝過『乖孩子』嗎？」

沒想到矛頭會指向我，我嚇一跳，把話吞回去。然後慌忙開口。

「我說的是現在的漣！我的事不重要吧——。」

「沒有不重要。」

漣打斷我的話似的說。

「沒有不重要。是誰說過這種話？」

這麼說的他，眼神認真得可怕。我什麼話都說不出口，嘴開闔幾次後，低下頭。

漣也什麼都沒有說。我們之間的氣氛一下子凝重起來。宛如肩上擔著沉默。

「……我之前說過。」

小半晌，他小聲地說。

「妳總是擺出這副表情。」

我慢慢抬起頭，看著他。不知道他到底在講什麼而不爽。

「不要再擺那個表情了。光看見就不愉快。」

「……那個表情，是什麼意思？」

「嘟著嘴、皺著眉，看起來超不滿、超無聊的表情。吶，現在也是。」

我不由得用右手掩住嘴。

我自己知道。我總是鬧彆扭似的，一副自怨自艾的表情。

「不要再這樣了。因為看了不僅心情很差，連周圍的人也會覺得無趣。」

但是，沒辦法啊，我在心裡大喊。

他沒有說發生了什麼事、聊聊吧這類的話問我原因，只是「嗯、嗯」的點頭。這反而讓我的眼淚更盛。

「好喔——年輕人！哭吧哭吧——！」

他像是為我加油似的對天舉起拳頭。這模樣太好笑，我不由得一邊哭一邊笑。

他用溫柔的眼神，看著又哭又笑的我。

「因為大海會接收妳所有的眼淚……。」

說罷，他在我身旁坐下。他的目光遠眺著逐漸沉入夜色的海面。

這樣啊，是可以哭泣的嗎？我想。就算我在這裡哭，也只有幽靈先生看見。不會為人所知就過去了。不會被外公、外婆，爸爸，還有漣知道。

奇怪的是，當我這麼一想，想哭的衝動反而平息下來。

最後的淚水滑落臉頰後，我用沙啞得可憐的聲音問。

「……幽靈先生的眼淚，也曾被大海接收嗎？」

聞言，他大笑出聲。

「又說我是幽靈了。」

他是真的開心地笑。彷彿這世上只有快樂與幸福似的。

「不過，不好意思，我不是幽靈啊。」

被他湊上來看，我微微低下滿是淚痕的臉。

「那……我稱呼你幽先生。」

「欸？」

他一下睜大了眼睛。

「啊，取『幽靈』的『幽』。」

他再度哈哈哈地笑起來。

「果然還是離不開幽靈啊。」

看著他無比燦爛的笑容，我有種囤積在心底混濁不堪的情感，一點一滴被淨化的感覺。

我莫名覺得尷尬，抱著膝蓋，下巴頂在手臂上。

鳥浦既鄉下，人與人之間的界線感也很低，我還是喜歡不起來，即使如此，一想到有他住在這個小鎮，就覺得勉強還過得去。

「真波——！」

突然聽到不知從哪裡傳來有人大聲喊我名字的聲音，我霍一下抬起頭。是漣的聲音。

我回頭確認，看見後方的堤防上有個小小的人影。

「妳在這種地方幹什麼！爺爺奶奶很擔心喔！」

我呼地吐出一口氣。沒想到會被他看到我這個樣子，真是糟透了。

「好像有人來接妳了耶。」

幽先生呵呵笑著說。

「是來接我……還是我被跟蹤了呢。」

「有什麼關係。有人擔心妳，是最棒的事了。」

「說得也是……。」

就在我微微歪頭時，又聽到「真波！快點」的聲音。

我煩得要死，緩緩起身。

「抱歉打擾你了……我回去了。」

優先生點點頭說「嗯」，然後對我說「下次再見，真波」。

應該是聽到漣喊我，才得知我的名字吧。是和漣完全不同，親切而溫柔的喊法。

我帶著依依不捨的心情朝他鞠躬，爬上樓梯，往漣所在的堤防而去。

就在距離漣還有幾步路的地方，我看向沙灘。

優先生站在海浪拍上來的邊緣處，眺望著月光下的海洋。一如那個晚上。我靜靜地凝視著他的背影。

順著我的視線，漣也朝海的方向看去。

「……那是誰？」

面對他的疑問，我小聲地說是不認識的人。我不想因為自己給幽先生添麻煩。

「唔……。」

漣打量幽先生似的盯著他看了看，而後像失去興趣似的移開目光。

「……妳一直在這裡嗎？放學之後一直在這？」

「不管待在哪，都是我的事吧。」

我毫不客氣的回答，他傻眼地聳肩。

「是妳的事，但別讓爺爺他們擔心。」

我瞟了漣一眼，發現他還穿著制服，太陽穴上帶著汗。

莫非他從回家之後就一直在找我嗎？即使如此，他應該是受外公外婆所託，不得不找吧？

「趕快回家。」

「……知道了。」

我一邊走，一邊再度回頭看向海的方向，這次幽先生抬頭看了過來。注意到我時，他笑著朝我揮揮手。彷彿再說下次再見、要加油喔。

我也一邊輕輕揮手，一邊打從心底覺得，要是寄住在外公家裡的是幽先生就好了。

第四章　隨波盪漾

這樣，回憶起自己的高中時代。」

「幽先生的高中時代……。」

我不由得小聲開口詢問。

「是怎麼樣的高中生呢？」

幽先生帶著微笑，遙望著海的方向。沉默了小半晌後，緩緩開口。

「滿腦子都是自己喜歡的事吧。」

我重複他說的「喜歡的事……」。

「幽先生喜歡的事是？」

我好奇地一問，他睜大了眼睛看著我，然後像在思考什麼似的看向斜上方，回答。

「嗯——籃球這一類的。」

因為他說這一類，所以我想他應該會列舉其他「喜歡的」吧，所以我等了一下。不過後來他並沒有接著補充下去。

「我參加了籃球社，每天都去學校參加社團活動。覺得好玩得不行，非常熱衷。我不喜歡念書，平常沒怎麼讀。因此常常挨罵呢。」

開玩笑似地笑了的他，沒有說是被誰罵。但是，我一想到幽先生這樣的人也會被父母或老師責罵就莫名覺得好笑，最後忍不住笑了出來。

「你打籃球呀？沒辦法想像幽先生打籃球的樣子啊。」

我心中的幽先生，是個總愛靜靜看海，給人夢幻印象的人，所以很意外他會喜歡那麼激烈

第四章　隨波盪漾

「晚安。」

我小跑過去開口打招呼，幽先生轉過頭露出微笑，回應我「晚安」。

上高中後已經過了兩個禮拜。在家裡仍然覺得難以呼吸，在學校也待得不舒服。

班上同學仍然試著和我說話，但我還是沒辦法好好應對，這時候漣就會過來插手。筋疲力盡的回到家，還要面對外公他們「有交到朋友嗎？」、「課程還跟得上嗎」的提問攻擊。

不過我還能勉強忍耐。原因是從第一天上學開始，我每天晚餐後都會出門，到這片沙灘來見幽先生。想辦法忍過白天的話，就能跟幽先生見面聊天。光是想到這，就覺得舒服多了。

幽先生正如他給我的第一印象一樣，是非常穩重、開朗、溫柔的人。越跟他聊，就越有這種感覺。

然後，非常不可思議的是，即使是不擅長跟任何人說話的我，當他聽我說時，我就能接連不斷地說出話來。或許正是因為我們沒有直接的關聯，反而能輕鬆地天南地北的聊。

「雖然不是不喜歡誰、或是被人講了什麼，但我就是不喜歡。應該是討厭那個氣氛吧……總之就是待得不舒服。我自己也不知道原因，但一整天不管待在哪裡、見到誰，我都覺得煩……。」

今天晚上，我又是接連不斷碎唸一些沒有重點的話。可能是因過去不管遇到什麼討厭的事情，都沒跟任何人明說而深埋心底的反作用，在幽先生面前，我的真心話就如潰堤般，滔滔不絕。

這種沉重的話題，要是跟外公、外婆說，他們可能會過度擔心，要是哪天跟漣說，也必定會被他乾脆的回「我看見妳也不爽」一類的。

所以，只會溫柔的「嗯嗯」、「嘿欸」、「這樣啊」回應，不說多餘的話，聽我訴苦的幽先生，對於我而言，真的是非常寶貴的存在。在還不習慣的生活當中所累積的不滿與壓力，多虧了他，才能在夜晚的海邊一口氣發洩出來，讓我還能維持精神上的平衡。

「今天第六節課，巴士的……啊，下個月好像要去遠足，所以那時候在決定巴士的座位，看座位表，最前面的位置是單人座。我覺得那個位置很好。本來想大家要是都跟好朋友一起坐，反正最後我會剩下來，自動去坐單人座正好。結果漣那傢伙突然說出『橋本同學你們是三人小組，也讓真波加入吧』，我蛤!?的傻爆眼。覺得他真是多管閒事的氣得要死。那傢伙真的是，老是擅自行動……。」

因為決定今天想講這件事，所以我連珠砲似地嘴沒停過，等說完才一下子回過神來。抬頭看了看旁邊的人。

「……總覺得抱歉，我老是說這些。」

而後幽先生驚訝地睜大眼睛。

「欸，為什麼要道歉？」

「那個，就每天都聽這些抱怨的話很不愉快吧。幽先生很好聊，我就忍不住說過頭了……抱歉。」

我微微鞠躬，幽先生呵呵的笑了。

「不會啦。我反而因為平常很少聽到高中生的故事，覺得很新鮮呀。啊──好懷念啊──

這樣，回憶起自己的高中時代。」

「幽先生的高中時代……。」

我不由得小聲開口詢問。

「是怎麼樣的高中生呢？」

幽先生帶著微笑，遙望著海的方向。沉默了小半晌後，緩緩開口。

「滿腦子都是自己喜歡的事吧。」

我重複他說的「喜歡的事……」。

「幽先生喜歡的事是？」

我好奇地一問，他睜大了眼睛看著我，然後像在思考什麼似的看向斜上方，回答。

「嗯——籃球這一類的。」

因為他說這一類，所以我想他應該會列舉其他「喜歡的」吧，所以我等了一下。不過後來他並沒有接著補充下去。

「我參加了籃球社，每天都去學校參加社團活動。覺得好玩得不行，非常熱衷。我不喜歡念書，平常沒怎麼讀。因此常常挨罵呢。」

開玩笑似地笑了的他，沒有說是被誰罵。但是，我一想到幽先生這樣的人也會被父母或老師責罵就莫名覺得好笑，最後忍不住笑了出來。

「你打籃球呀？沒辦法想像幽先生打籃球的樣子啊。」

我心中的幽先生，是個總愛靜靜看海，給人夢幻印象的人，所以很意外他會喜歡那麼激烈的運動。

聞言，他也露出某種意外的表情。

「嘿？現在的我看起來是這個樣子嗎？但學生時期，朋友都叫我『籃球笨蛋』喔。」

他一臉懷念地微笑。

「我小時候一直打棒球，中學到高中一直打籃球。現在也還是會在工作之餘，和朋友打壘球或街頭籃球。」

「咦，這樣嗎？」

更加意外的訊息。這麼說起來，他一直都是聽我講，幾乎沒有提過自己的事。

我想像著他假日和朋友運動的模樣，慢慢湧起好奇心。我想知道更多他不一樣的面向。

「幽先生，你平常……做什麼工作呀？」

我忍不住開口詢問，而後慌忙加上一句。

「啊，抱歉，如果你不介意的話……。」

我的話讓他覺得有趣地笑了。

「了不起，竟然會用這樣的字。」

感覺自己又被當成小孩子了，我有些懊悔。不由得嘟起嘴時，幽先生忽然轉身舉起手。

「妳有看見那個藍色招牌嗎？」

他所指的位置，是海岸邊的一棟獨棟房屋。建築物旁邊，矗立著被街燈照耀的淡藍色招牌。距離遠又是晚上，所以我看不清上面寫的文字。

「那是我的店。」

咦，我睜大眼睛抬頭看他。他臉上帶著一點不好意思的笑容。

「我開了家咖啡店。從早到晚，一直在那裡工作。」

「哇，你開店啊，所以幽先生是店長嗎？」

「嗯，看起來是這樣。那個，說是店長，只有我一個人經營，連工讀生都沒有就是了。

——是家叫『Nagisa』的店喔。」

說出這個店名時，幽先生莫名露出非常開心的微笑。開心到連看著他的我都感到滿足。他應該真的很珍惜這家店吧，我想。

「從店裡的廚房往窗外看，剛好可以看見海。我想在一直能看見海的地方工作，所以選了這個地方。早上和晚上沒什麼客人，所以我大概都在看風景。」

這麼說完，他看著我，輕聲笑著說「其實呢」。

「那天，我也是一邊收拾店裡廚房，一邊不經意的朝海的方向看，看到真波蹲在那裡。覺得不放心所以走下來的。」

所謂的那一天，指的是我跟他第二次見面，我第一次去高中上課的那天吧。這麼說起來，明明那個時間比平常幽先生在夜裡散步的時間早很多，為什麼他會在這裡出現？

那時候我的腦子裡全是學校的事，所以沒有發現，現在才知道那不是偶然，而是他刻意放下手上的工作過來的。

「原來如此……真抱歉……謝謝你。」

雖然時機已經晚了，我還是道謝，結果幽先生露出真心驚訝的表情。

「為什麼要道謝？是我自己不放心，所以自顧自跑過來看看狀況而已。真波不用道歉也不用道謝喔。」

儘管如此，我覺得打擾到他工作很不好意思，然後也覺得很開心。他明明在工作，卻特意到我這邊來。

「真的非常謝謝你。如果那時候幽先生沒有來的話，我……。」

我沒辦法好好說出接下來的話。但是幽先生並沒有要我繼續說下去，只是有朝氣的笑著說「若是這樣真是太好了」。

「幽先生幾歲呢？」

我突然開口詢問。對他孩子氣的笑容以及在開店之間的差距很感興趣。

「我？我今年二十六了。」

也就是說，他大我十歲。我再次感受到我們的年齡有很大的差距。

「但是，我朋友總說『不管過多久你還是像個小鬼』啊。」

他覺得好玩的呵呵笑著回答。

在我看來，幽先生的冷靜和隨和是很成熟的，但他的確毫無「大人」特有、難以接近的感覺或壓迫感。這一定是他的本性吧。

「……我覺得，幸好幽先生住在鳥浦，幸好我認識了你。」

我又突然說。平常幾乎沒有和其他人對話，所以我很不擅長在適當的時間說適當的話。

即使幽先生燦然一笑回答「謝謝，真開心」。可那笑容，依舊讓我莫名不安起來。

◇

到了五月底，我終於漸漸習慣學校生活。

本來有點擔心不知道課業跟不跟得上，但這裡的高中並不熱衷升學輔導，課程進度也很鬆，本來就不覺得讀書辛苦的我，便透過每天的預習和複習，設法把落後的進度補齊。

我最擔心的人際關係也設法保持穩定。根據我中學時代的痛苦經驗，我想盡可能避免與人建立深厚的關係。這麼一來就不會遇到麻煩事了。或許是我內心的想法透露出來了吧，最近班上的同學和老師都不會跟我多說什麼不必要的話，基本上就放著我不管。——除了一個人。

「真波，妳不參加社團嗎？」

午休一開始，漣就來找我。我在學校唯一的樂趣就是帶著便當走上空無一人的頂層樓梯，在平台上享受獨處的時光。為什麼要跟我說話啊。

我毫不掩飾自己的不滿，簡短回答「不參加」後，他追問「為什麼？」。煩死人。

「沒有我想加入的社團。」

「這樣的話，要不要加入女排社？她們好像正在煩惱人數不足。」

「不要。參加社團活動本身就是個麻煩。」

漣一臉不滿的小聲說「真是冷漠的人」。

「蛤？沒有強制要加入社團活動吧？要不要參加不是個人自由嗎？」

漣是男排社的。正因為如此，我個人最不可能參加的就是女排社。我不想再增加和漣處在同一個空間的時間。放學後到他社團活動回家為止，對我而言是寶貴的「不受漣干擾的時間」。

「哪都可以，參加個社團的話就能交到朋友。」

「我不需要朋友，要我講幾次才懂？」

我皺眉回答後，漣不客氣的說「妳真的很固執」。

「不管你說什麼，我喜歡自己一個人。」

朋友對我毫無益處這點，我清楚知道到想吐的地步。

我從似乎還想說什麼的漣身旁走過，離開教室。

一邊充分享受獨處的解放感一邊悠閒吃完午餐，上課預備鈴響了之後，我想先去上個廁所再回教室，所以去了洗手間。就在準備從廁間出來時，聽見門的另一邊傳來女孩子說話的聲音。

「那個叫白瀨的，是怎樣啊——？」

啊，我不由得幾乎要張口出聲。輕輕鬆開廁間把手。雖然不想聽下去，但我沒有勇氣在這時候打開門。

「真的欸。為什麼她都不跟別人說話？」

女廁是鬼門關。可能是在封閉的空間裡會放鬆警戒吧，不少女孩們會卯起來說八卦或別人的壞話。

「跟她說話都沒反應欸。感覺好差——。」

「聽說她住在漣寄住的地方，漣很會照顧人，所以應該各方面都有顧慮到她，不過照顧的對象是這種人也很辛苦吧。」

「漣人好，就算覺得困擾，也是絕對不會說出口的。好可憐喔。」

「是說啊，妳不覺得明明漣特意去找她說話，結果她態度超差嗎？」

「我懂！一臉爆炸嫌棄的樣子。超誇張。」

「對漣好沒禮貌。看得超火大。」

毫不留情飛過來的負面話語。說的都是些理所當然的內容，我自己也知道這無法避免，因為我的確拒絕與其他人來往，但平常不會表現出對我有所不滿的人，卻在我不在場的時候肆無忌憚地這麼說，這狀況讓我難受。中學二年級時痛苦的記憶回籠，我有種腿軟的感覺。

「聽說她住在N市，搞不好瞧不起我們？」

「啊——像是我不想和鄉下人說話——那樣？」

「我爸媽說啊——白瀨同學的爸爸好像是公司社長唷。」

所以我討厭鄉下。一點都沒有保護個人隱私的觀念。一點點小事，也會在不知不覺間廣為人知。有一種窒息的閉塞感。

「欸，真的假的!?那麼，是千金小姐啊——。」

我爸的職銜的確是社長，但並不是配得上千金小姐一詞的大公司，只是個自營的小型家族企業。即使如此，只因為是社長的女兒，我讀國小、讀國中時，不知道被說了多少次我很任性。

「那麼，啊咧？大概覺得跟下等人來往有失身分吧。」

「啊哈哈，或許吧！我們是下等人嘛。」

「我才不跟妳一起呢！」

嘎哈哈笑起來的她們，之後熱烈討論起現在流行的藝人，開心笑鬧的離開廁所。

這種事，沒什麼大不了的。我在心裡低語。

我曾是不負責任八卦、帶著惡意壞話的攻擊目標。我並沒有直接受害，沒有被人家說很煩、去死這種話，也沒有挨揍被踢，不是什麼大事。忘了就好的事。

腦子裡知道，但他們說的話還是一直在我腦中盤旋不去、淡忘不了，這是為什麼呀？

下午上課的時候，我一直低著頭。因為一抬起頭，就會忍不住想找剛剛說八卦的人到底是誰。不需要知道的事情，一直不知道就好了。

放學後，我立刻低著頭離開教室。快步走向車站，跳上電車。

抵達鳥浦站後，我刻意緩步慢行。即使如此，回過神來時還是走到了家門口。

我用絕對不會有人聽見的聲量小聲地說我回來了，在玄關脫下鞋子。在洗手間洗手時，晾完衣服的外婆拿著籃子走了進來。

「啊啦，小真。妳回來啦。」

外婆用一如往常的笑容和我打招呼。

一開始雖然不習慣，但最近我勉強能正常回應「我回來了」一類的話。

但，今天，我沒辦法。我只能用連自己都覺得僵硬的表情和聲音小小地「嗯」一聲。

外婆一臉好奇的微微歪頭後，又恢復笑容，一如往常說「有一些點心餅乾喔」。回到家，外婆每天總會幫我準備點心。因為是外婆特意準備的，所以我總會道謝後吃掉它，但今天沒有這個心情。

我就這樣低著頭說「對不起，我沒有食慾」，走出洗手間。而後外婆慌張地追了上來。

「怎麼了，小真。學校那邊發生什麼事了？」

我拚命擠出笑容，臉幾乎要抽筋，回答「沒什麼事呀」。但外婆還是皺著眉看著我。

「是不是……跟朋友吵架了？」

我從外婆欲言又止的表情裡，看出她多少知道我中學時代發生的事。可能是爸爸說的吧。我明明希望他不要說的。

我的手緊握成拳，搖頭否認。

「……我回房間了喔。」

我邁開腳步，外婆又追了上來，天外飛來一筆的說：

「也有雞蛋冰淇淋唷。」

聽到意料之外的話語，我不由得停下腳步。

所謂的雞蛋冰淇淋，是像水球一樣，把香草口味的冰淇淋裝在半透明彈性袋子裡的冰品甜點。為什麼外婆現在要刻意說這個呢。

「……我不要。謝謝您特意準備，但我不餓……。」

不知道，但我搖搖頭。可外婆卻露出乾笑，窮追不捨似的繼續說「不過」。

「妳看，那個，是雞蛋冰淇淋喔？小真妳……。」

我忍不住打斷外婆說話似的大喊：

「就說了我不要！」

外婆睜大了眼睛。我雖然因拔高了聲音而懊惱，可卻沒辦法停下來，用刻薄的語氣繼續說。

「我已經是高中生了，不需要這種給小孩子吃的冰淇淋。」

外婆深呼吸一口氣後，垂頭喪氣地說「……說得也是」。

雖然那收緊的小小肩膀讓我覺得內疚，但也沒辦法好好用語言表達出來，只有小聲地說「對不起」。

「……我今天累了，先回房間去了。也不用晚餐……。」

像是要甩開一切似的，我把手放在房門上。不過外婆沒有放棄。

「小真，妳沒事吧？雖然我不知道能不能幫上忙，但至少可以聽妳說。要不要跟外婆聊聊呢？」

死纏爛打。我知道外婆擔心，但希望她注意到我不想說話。

「真的沒事，不要在意。」

「就算妳這麼說……。」

一臉煩惱用手壓著脖子的外婆小聲地說。

「妳不說我不會知道呀……妳媽媽也一定也很擔心……。」

聽到媽媽這個詞的瞬間，我維持在極限狀態的細線，發出綳斷的聲音。

「——並不會吧！夠了，吵死了！不要說得好像妳懂一樣——！」

就在我尖銳發言的時候，「喂！」，有人從我身後用力一拉。我驚訝地回頭一看，是不知道什麼時候回來的漣。大概是今天沒有社團活動吧。

他看起來盛怒非常。

「妳……為什麼要說這種話？奶奶她……。」

這責備的語氣，讓我狠狠回瞪。

在漣眼中，我一定是個非常忘恩負義、冷酷無情的孫女吧。但是，有家人疼惜、被大家喜愛的漣，不會理解我的心情。

明明什麼都不知道。明明不知道我過去是怎麼想的，我現在是怎麼想的。不要擺出一副自以為了不起的樣子干涉我。本來就是漣一而再、再而三的介入，才害我變成其他女生的眼中釘。

「囉唆，不要管我！」

我揮開漣的手，用力推開他的肩膀，從他身邊穿過，直直朝玄關走去。我幾乎要爆炸的心大喊著，一切的一切我都討厭。

我在染成夕陽顏色的城鎮上奔跑，回過神來時，已經來到沙灘附近了。

我手撐在堤防上往下看。閃著橘色光亮的沙灘上一個人都沒有。

我抬起頭，看著國道方向那個淺藍色的招牌。我幾乎是無意識地移動腳步，站在那家店前。看起來是用老建築翻新的，外牆重新粉刷成白色，大門漆成宛如盛夏海洋般鮮亮的群青色。門上掛了寫著『Nagisa』的招牌。

我從門邊的小窗往裡看，店裡似乎沒有人。

我深呼吸一口氣後握住門把，緩緩推開門。掛在頭頂上方的門鈴發出聲響。

「歡迎光臨！」

立刻傳來一個開朗的聲音。從吧台座位裡面帶著滿臉笑容突然出現的，是穿著白襯衫配深棕色圍裙的幽先生。

「啊咧，真波!?」

他睜圓眼睛，慌忙走出廚房。給人的印象，和在夜晚海邊見到他時的某種夢幻感很不一樣。宛如太陽般，不帶陰影的明亮。

「欸——嚇我一跳！妳來啦！」

明明不是高中生會單獨來的店，他還是開心地迎接我，擔心會被拒於門外的感覺迅速消失。然後可能是緊張的線斷了，我瞬間想哭。

視線逐漸模糊，我知道我的眼淚掉了出來。但我明明沒想過要哭的。

「哇，妳沒事吧!?」

幽先生輕壓我的肩，讓我在附近的椅子上落座。

「是哪裡痛嗎？摔倒了？還是吃壞肚子？」

他觀察我的表情，擔心地反覆詢問。就像是對待一個哭泣的孩童。雖然我在心裡說我已經是高中生了，不會因為摔倒或肚子痛哭泣，但沒有說出口。

「身體沒有不舒服或受傷吧？」

我不住點頭。

「這樣啊……嗯……。」

他拍拍我的肩膀，讓我冷靜下來。我反而像是打開開關似的一邊抽抽噎噎，一邊哭得可憐兮兮地用沙啞的聲音說「我對外婆……」。

「我不小心對外婆，說了很過分的話……。」

儘管我知道她是擔心我、關心我，可我扛不住心中的不滿和焦躁，沒辦法坦率的說謝謝，結果惡言相向。

「我覺得我得道歉，但說不出口……。」

我因為抽泣而無法好好說話。即使如此，幽先生還是以溫柔的表情，點著頭等我繼續說下去。

「然後，那傢伙回來了……用一副自以為了不起的樣子對我說教，所以我本來想著要道歉，卻發起脾氣……他真的一直都用高高在上的眼神看我……我氣壞了，就這樣跑出家門……。」

連我自己都覺得幼稚的舉動。雖然事後想想會感到後悔要反省，但當下被自己的情緒牽著走，沒辦法好好應對。怎麼會這樣啊，我陷入深深的自我厭惡中。

「那傢伙，是指寄住在妳家，叫漣的孩子？」

幽先生輕輕地問。我一邊擦淚一邊點頭。

「那傢伙總是管我管很多讓我生氣。在學校是，在家裡也是……。」

然後他發出呵呵的輕笑。

「我好像可以懂耶，那孩子的心情。怎麼說呢，真波妳有種讓人沒辦法放著不管的感覺啊。可能漣不想看見真波妳獨自努力，想要幫妳一把，不小心說得太過了。」

這意料之外的話，讓我睜大眼睛眨巴幾下。淚水在睫毛上微微顫動。

「……才不是呢。他說我讓他最火大。所以我覺得他只是想要抱怨我……。」

「這樣啊。」

幽先生用帶著笑的聲音說完後，改變語氣點頭說「外婆那邊沒事的」。

「沒事的，因為她一定知道。真波妳相當痛苦，所以沒辦法敞開心房，包括現在妳在反省，真波的外婆，一定全部都知道……我想所謂的家人、外婆，就是這樣的。」

他看向面海的飄窗。

「雖然我的祖父母不在了，不過我從小就認識青梅竹馬的奶奶，所以大概知道她是帶著什麼心情照顧她的孫女。是不求回報的愛吧，是無條件疼愛孫女、疼愛得不得了吧。真的是如大海般寬廣又深厚的愛情，煩惱也好、彆扭也好、心裡有祕密也好，我想她都能完全理解，接受一切。」

幽先生說的話非常抽象，對我而言太難。但只有他想傳達給我的訊息，我聽懂了。

外公外婆收留了麻煩的我，總是溫柔地照顧我。我雖然沒說出口，可一開始的確懷疑過他們是不是其實覺得很困擾，但在一起生活的過程當中，彆扭的我也了解到他們的溫柔以待顯然是真心的。

即使如此，今天我卻因為在學校發生的事而暴怒，再加上提到我媽，就喪失理智，說出這麼難聽的話。

我後悔、自責不已。如果時光能倒流，我想要一切重新來過。但是，是不可能回到過去的。所以，至少。

「……我想道歉。我想向奶奶道歉，說對不起……。」

面對我低吟般的聲音，幽先生開朗地回應「嗯」。

「沒問題、沒問題。冷靜下來之後好好道歉的話，沒問題的。」

聽了他的話後，很奇妙的，我覺得真的會沒問題。

回到家後，立刻跟外婆道歉吧。不要掩飾、不要覺得害羞，真心誠意地說出自己的歉意。

我老實到嚇一跳的這麼想。

「……我明天還能來嗎？」

我開口詢問後，又擔心是不是會打擾到他，慌忙補上一句。

「那個……我是要來報告好好道歉了的事……。」

幽先生燦然一笑點點頭。

「當然！即使不是，妳也可以隨時、每天都來喔。」

「……非常謝謝你。」

我低頭鞠躬。淚水不知何時已經停住了。

雖然自知這是非常厚臉皮的請求，但對現在的我而言，他是唯一讓我感到安心的人。

「啊，對了。」

幽先生突然想到什麼似地拍了拍手。

「妳喜歡玉子燒嗎？」

這突如其來的一問讓我滿頭問號，不過我還是點了點頭。

「太好了。那麼，請務必嚐嚐看。」

「欸……可以嗎？」

「請用請用。是說，我喜歡請人吃玉子燒。」

「……這樣嗎？」

雖然是個模稜兩可的理由，但我點頭說「那麼，就承蒙您的好意了」。

「妳等等喔，我馬上去做。」

幽先生急急跑回廚房。

我一個人留在大廳裡，心不在焉地環顧店內。

店裡有四張四人桌，吧台有四個座位。是個可以容納二十人左右，看起來是用獨棟房屋的客廳和開放式廚房改建的建築。吧台左邊有個大大的飄窗，也可以從那裡遠眺海洋。

桌子、椅子、牆壁和門窗都是木製。是間非常安靜，而且讓人感覺溫暖平靜的店。就像是幽先生本人似的。

我不由得站起身，站到了橙黃色夕陽灑進來的飄窗前。

就在我呆呆看著線對稱的天空和海洋時，忽然注意到飄窗台板上，放著一個巴掌大、用軟木塞封口的玻璃瓶。我彎下腰一看，裡面放滿我從沒見過的貝殼。透明的淡粉紅色，是非常美麗的貝殼。

就在我想著這貝殼叫什麼名字的時候，幽先生在廚房裡喊「做好嘍」。我轉頭一看，他像在喊我似地對我招手。我再度瞥了一眼放了貝殼的玻璃瓶後，走向吧台。

「請用。」

在畫了藍色線條的純白方盤正中央，盛著宛如向日葵花朵般鮮黃色的玉子燒。我不由得小聲地說看起來好好吃，而後幽先生開心地笑了。

我用筷子從切得整整齊齊的玉子燒中夾起一塊，送到嘴裡。是溫暖又柔和的味道。不知道為什麼，應該已經停下的淚水又微微被勾了起來。

「我覺得玉子燒能讓人有精神喔。」

我一邊品嚐充斥嘴裡的淡淡甜味，一邊點頭說「嗯」。

我打算吃完後就立刻回家，跟外婆道歉。

第五章　為光穿透

那天之後，我每天放學後都會去『Nagisa』。班會結束的同時我就離開學校，到家把隨身物品一放、換了衣服就立刻去Nagisa。然後坐到接近晚餐時間。

儘管Nagisa是間鄉下小店，不過客人相當多。不到滿座，但白天店裡大概都有客人。第一天造訪時店裡沒客人，是我運氣非常好。

今天我打開入口大門時，也已經有四、五位先來的客人了。

「歡迎光臨。」

幽先生一如往常笑著迎接我。

我在吧台盡頭的老位子坐下。總是點柳橙汁。雖然不好意思，但咖啡很苦，我喝不來。即便覺得每天去咖啡廳對高中生而言滿奢侈的，可從小沒什麼嗜好、週末假日也不會出去玩的我，存了很多零用錢和紅包錢，就算每天去咖啡店，應該一時半會也用不完。

因為幽先生忙著招待客人，我也就沒有跟他說話，安安靜靜待著。晚一點客人變少的時候會閒聊幾句，但我不會像那天一樣發洩我的煩惱和心情。即使如此，單是身處在這個安穩的環境裡，我就覺得自己的心像是被淨化似的，非常滿足。

我會喜歡這個位置的原因，是因為坐在這裡，可以清楚看到飄窗上的玻璃瓶。在窗外透入的陽光照耀下，呈現半透明、閃耀著粉紅色光亮的貝殼。

那天太難過了所以沒發現，但在Nagisa店裡，到處都放著這種貝殼。有掛在牆上相框中和彩色玻璃一起貼成花朵形狀的，有幾片一起放在吧台玻璃盤上的，還有兩條掛在廚房旁邊櫃子上的項鍊裝飾，也是粉紅色貝殼。

所有的貝殼都被從海面反射而來、灑滿店裡的陽光照得通透，隱隱發亮。是美到宛如幻想世界般的景象。我莫名覺得，這就是這家店溫暖友善的源頭吧。

「我一直很好奇，這個粉紅色的貝殼，是真的嗎？」

我開口問出完餐、工作告一段落的幽先生，他看起來很開心的笑了。

「妳，喜歡這個嗎？」

說著，他把掛在櫃子上的其中一條項鍊遞給我。是一片穿著細細金鏈的淡粉紅色貝殼。

我第一次近距離看它，相當美麗奪目。我對著窗外照進來的陽光看，它就像是一片櫻花花瓣似的。

「是真的貝殼喔。叫做櫻貝。」

「櫻貝……。」

一如它模樣的名字。

「好漂亮的貝殼喔。幽先生喜歡櫻貝嗎？」

我開口詢問，想著他應該是喜歡才會收集這麼多吧。他「嗯」一聲，很有朝氣的笑了。

「櫻貝啊，被稱為『帶來幸福的貝殼』唷。」

「帶來幸福的貝殼嗎？」

幽先生一邊微笑著嗯一聲回應，一邊看向窗外的海。

「據說找到它就能夠幸福。撿到貝殼可以當做護身符戴在身上。有時候在這一帶的海灘上也可以撿得到。」

「那裡頭裝的貝殼，莫非也是在這裡撿到的嗎？」

我指著放在飄窗上的玻璃瓶。那些在白色的陽光下閃閃發光，帶著澄澈櫻花顏色的美麗貝殼。

「嗯，是喔。我把比如散步時候發現的櫻貝撿起來，收集在那裡頭。」

幽先生露出非常溫柔的微笑點點頭。我有點羨慕被他用這種眼神看著的櫻貝們。

這時候，我背後的大門門鈴發出咖啦空隆的聲音。一看，是一位滿頭白髮的老爺爺走進店裡。他是幾乎每天都會來的常客。

「歡迎光臨！」

幽先生用他一貫友善的笑容打招呼。老爺爺一邊在餐桌位置上落座，一邊回應「午安啊，小優」。

這是我來這家店後最驚訝的事。幽先生真的叫做「ㄧㄡ」啊。我原本想著給他取了個幽靈的幽這種沒禮貌的綽號，沒想到竟然和本名相同。

「請給我熱咖啡和玉子燒。」

老爺爺點完餐後，幽先生點頭說「好——」，走進廚房。

一般來說，來咖啡店點咖啡和玉子燒實在滿奇怪的，不過在這家店卻是固定的點餐組合。幾乎所有的客人都會點飲料和玉子燒。為什麼Nagisa的招牌菜，會是玉子燒呢？

「小優做的玉子燒有種溫暖的味道。明明調味應該不同，但不知道為什麼，就會想起過世的內子每天早上做的玉子燒啊……。」

老爺爺開心微笑著夾起玉子燒。我也聽其他的客人說過同樣的話。

「嗯，果然很好吃。」

「謝謝您！因為這個玉子燒裡面充滿了愛啊。」

幽先生一邊害羞的嘿嘿笑一邊說。

「真的很好吃喔。幸好小優開了Nagisa啊。這附近沒有營業得比較晚的咖啡店，所以我們這些老人家都很高興。」

「我也很高興大家常來！」

幽先生打從心底開心地回答。

他是三年前開的這家店。據我從其他客人口中聽到的資訊，在社團前輩的幫助下，他高中畢業後在隔壁S市的大型咖啡店工作了五年左右，存到了開店資金。然後回到鳥浦，買下這家原本是鎮上唯一一家定食店，老闆因為年長退休而歇業的餐廳，自己改裝成咖啡店。

Nagisa從一大早開始就是附近長輩們聚會休息的場所。開朗、友善的幽先生，就像是個偶像一樣，深受爺爺奶奶們的喜歡。

我也是。雖然仍然不適應學校生活，但在這家店裡，我可以忘記一切憂愁、放鬆安心下來。

幽先生真厲害，我想。看見他在店裡忙碌得滿場跑的模樣，這種敬意更強烈。他只比我大十歲，就已經有了自己的店，經營得很好，而且深受顧客信賴與喜愛。我覺得他真的好厲害、好帥氣。

我們兩人在海邊聊天時，還覺得他有點孩子氣，但在店裡的幽先生，看起來果然是個實打實的大人。

「是說，明天是『兒童食堂』的日子吧？」

忽然從另一頭傳來一個聲音。坐在入口右側位置的常客奶奶開口對幽先生說。他笑著點頭說「對，是的」。

「最近大概有幾個人來？」

「大概十幾二十個吧。雖然小學生比較多，但他們會帶弟弟妹妹來，所以很熱鬧喔。本田阿姨您方便的話也請您參加。」

「啊呀，我這種老太太可以加入嗎？」

「當然可以！我想孩子們會很高興的。您有時間的時候請務必來看看。」

幽先生露出生動活潑的表情說。

「……那個，先前提到的兒童食堂，是什麼呀？」

我小聲地問站在我身旁遠眺大海的幽先生。

店打烊後我幫忙整理，而後跟著他去海邊，進行一如往例的夜間散步。

幽先生問「妳晚回家的話，家人會不會擔心啊？」，不過我說已徵得外公外婆同意。雖然說了謊覺得很愧疚，但我今天想多跟他待一會。

「啊，對了，真波來了之後還沒開過兒童食堂啊。」

幽先生雙手一拍地說。

「Nagisa每週五傍晚會舉辦兒童食堂。一年多前從電視上知道有這樣的嘗試，所以我也試試看。」

「是小朋友來當客人嗎？」

「說是客人，比較像是請小朋友們飽餐一頓的感覺。有些家庭因為爸媽很忙沒辦法一起吃晚餐，那就大家一起來Nagisa吃晚餐吧——這種感覺。」

「免費請他們吃嗎？」

「是啊，因為是小朋友，不能跟他們收錢。」

雖然幽先生輕輕笑著說，但我想免費為幾十個孩子準備餐點，應該是很辛苦的事吧？

「大家一起熱熱鬧鬧吃飯不是很有趣嗎。」

「嗯，對啊……。」

我比較喜歡自己一個人吃飯。和其他人共用一個餐桌，讓我不安。

「因為，每天一個人吃飯，是很寂寞的……。」

他遙望遠方，自言自語般說。

看著他的側臉，我不禁想幽先生是不是都是一個人吃飯。說起來，我沒聽他本人或其他客人提過他的家人。雖然想過要是他結婚了該怎麼辦，但他應該是一個人住吧。

「上週五是國定假日，兒童食堂休息。所以真波妳還沒看過。」

「啊，是的……是怎樣的活動呢？」

「不到稱得上活動的地步啦。只是簡單的輕食，三明治啊飯糰啊，玉子燒、炸雞塊一類，還有幾種果汁，像自助餐那樣而已。」

「但是，小朋友們應該很開心吧。」

「嗯，對啊。看他們吃得這麼開心，我也覺得值得。不過，最近人數增加很多，所以有時候上菜會晚，也沒注意到一些孩子，覺得很不好意思就是了。」

幽先生有些困擾地說。看見他的表情，我莫名地無法保持沉默，回過神時已經開口說「那個」。

「那個……如果你不介意的話，我可以幫忙嗎？」

話才出口，我就迅速覺得尷尬起來。我這種人主動說幫忙也只會幫倒忙吧。什麼特別的事都不會的我，非但幫不上忙，還一定因為說這種話讓他難以拒絕，反而覺得困擾。我萬分後悔說了這樣的話。

但是幽先生眼睛發亮地說「欸，可以嗎？」。

「我覺得我一個人已經做到極限了，如果真波來幫忙，就太有幫助了！」

我沒想到會有人對我說這樣的話，所以我不由得低下頭，想著該說什麼。

「那個，但是，我不擅長面對小孩，所以沒辦法陪他們玩……大概只能幫忙做菜……。」

「可以，可以！光這樣就幫了大忙了。」

可以嗎？我回應的聲音沙啞得可憐。

「啊，不過。」

幽先生突然低眉，露出一臉抱歉的表情。

「我能給的打工薪水不多……這樣妳可以嗎？」

我「欸」的一聲，驚訝地搖頭。

「不，不用給我薪水！我能做的就只是幫點忙而已……要說是我想報答平常蒙受照顧的恩惠，不如說只是我想做而已。」

這話說得我自己都嚇一跳。我竟然說了『想做』這麼積極的話。

「欸，可以嗎？就我而言是幫了大忙……但對妳不好意思啊。」

我拚命點頭回應睜大了眼睛的他。

「可以，可以。真的！」

「是嗎？那，我就謝謝妳的好意了。」

幽先生終於笑了。

「說代替有點奇怪，不過就當做員工餐，真波也可以盡情享用晚餐喔。啊，也告訴妳家的人唷。」

我再次點頭回答「謝謝」。

那，時間差不多了，我低頭與幽先生道別，一邊朝家的方向走，一邊有種心情昂揚的感覺。

這是我第一次主動嘗試新事物。有種莫名的期待感。

「好期待明天啊……。」

就在我忍不住自語，微笑起來的時候，發現道路前方有個人影。

「真波。」

我聽出這是漣的聲音。騎著自行車過來的他，握住煞車下了車。

「妳在這種地方做什麼？」

責備的聲音。又來了，我煩躁地回答「沒什麼」。

「什麼沒什麼……妳在想什麼啊？在外面晃到這個時間……我應該告訴過妳，不要讓爺爺奶奶擔心才對。」

「……跟你無關吧。」

我簡短的回應後，他刻意的嘆了口氣。

「我聽奶奶說，妳每天從學校回來後就立刻出門，不到晚上不回家。奶奶非常擔心，想說妳是不是其實不喜歡住在這裡。雖然喜不喜歡是妳的自由，我無所謂，但拜託不要讓奶奶他們擔心。」

「……我只是出去一下而已。晚餐前就回來了。」

「可妳一直都不回家，奶奶一定會擔心的吧？妳連這都不知道？」

「……吵死了。我要回去了。」

我從漣身邊走過，再次往家的方向走去。如果他就這樣閉嘴不說的話就好了，但他追上來繼續說。

「不是這個問題。還有，妳到底在哪裡做什麼？是一——直在哪裡發呆嗎？如果是這樣的話待在家裡就好。為什麼要特地每天跑出去呢？奶奶他們也想跟真波聊聊、聽聽學校發生的事。稍微敞開心扉接近他們……。」

「啊——夠了，你真的煩死了！」

被接連不斷地語言轟炸，我越來越忍不住心中的怒火，拔高聲音大喊。

「我們明明同年，你為什麼老是一副自以為了不起的樣子啊？我在哪裡跟誰做什麼是我的自由吧！」

「就說了我不是這個意思，是不要讓奶奶他們多擔心——。」

說到這裡，漣忽然不說話了。我疑惑地回頭，見他皺著眉，一臉嚴肅。然後緩緩開口。

「……妳說跟誰做什麼，對吧？剛剛。妳跟誰見面了？」

「……沒什麼。」

「不，如果妳是一個人，應該不會這麼說。難道妳每天都跟某個人見面？是誰？朋友嗎？」

從在學校的生活就能看出來，我沒有朋友吧。我一怒之下，忍不住全盤托出。

「我跟幽先生見面。不過，那又怎樣？」

「蛤？幽先生是誰？」

「之前漣也見過吧。我剛搬來的時候，在那個沙灘上。」

「那個成年男人？」

「是啊。」

我回答的瞬間，漣的表情變得更加凝重。

「妳在想什麼？這太危險了吧！」

這話讓我火冒三丈。

「才不危險呢！幽先生是非常好的人喔。」

誰知道啊，漣呻吟似的小聲說。

幽先生被他說成這樣，我雖然憤怒、火冒三丈，但對沒有實際和幽先生碰面說過話的漣來說，他並不知道幽先生是怎麼樣的人，所以我也不是不能理解他會誤會幽先生。想到這裡，我深呼吸一口氣後，壓低了聲音。

「我就當個普通的客人，到幽先生開的店裡去，稍微聊一下，僅此而已。」

我本以為他會就此閉嘴，沒想到他眉頭緊皺。

「蛤？去店裡？每天？這麼做對方會覺得困擾吧。」

我心裡針刺般作痛。因為我自己心裡某處也這麼想過。

我這樣糾纏不休，幽先生會不會覺得困擾呢。會不會希望我克制一點或覺得煩呢。但是，他總是笑著面對我，所以我硬是忽略了這份不安，每天都去。

「不要再做這種事。妳，這樣太奇怪了。」

我緊緊捏了捏變熱的眼頭後，我繼續低著頭，低低的說「不要」。

「我不要……因為，如果不能和幽先生見面的話，我，絕對，受不了的……。」

我明明忍耐著，聲音還是不自主顫抖，可憐兮兮地想吐。

「而且，幽先生他一定，不覺得困擾……他對我說我可以去……。」

我一邊在腦子一隅裡想為什麼要跟漣解釋啊，一邊拚命繼續說下去。

小半晌後，他呼地吐了口氣，小聲地說我知道了。

「那麼，在妳跟爺爺他們好好說明事情經過，還有我也去看過情況的前提下，妳可以去。」

「……欸？蛤？」

這意料之外的回應，我抬起頭。

「如果跟奶奶他們說我也一起去，確定過對方是什麼樣的人的話，他們也會放心的吧。」

從漣的表情中看得出來，他是認真這麼說的，我無法掩飾自己的困惑。

「明天去吧，也剛好我們老師出差，社團休息。」

不要。不只是我很難跟漣相處，還不想連下課後我寶貴的自由時間都得跟他一起行動。我試著找個牽強的理由搪塞。

「但是，明天有兒童食堂，所以……。」

「兒童食堂？」

我把從幽先生那裡聽到的種種，告訴好奇的漣。我以為冷冰冰的漣會不喜歡小孩、會跟我說他不去的，可他反而萬分期待地說：

「嘿～～好像很有趣。烏浦竟然有這種活動啊？」

真的假的，我心裡失落不已。

他看著無言以對的我，露出輕淺的微笑。

「算了，到咖啡廳遇到各式各樣的人，接觸各式各樣的事物，對真波應該會有良好的影響才對？」

對我有良好的影響？我被漣竟然在想這種事嚇到，啞口無言地張著嘴。

「妳也不想一直這樣下去吧？說不定會變成改變的契機，這樣也不錯。但無論如何，妳一個人還是讓人不放心，所以明天我也一起去。」

我突然看不懂漣這個人了。

他不是討厭跟他截然不同的我，所以光是看到我就生氣，什麼都要管，還說一些嚴厲的話嗎？那為什麼會說一些讓我有他在關心我錯覺的話呢？

就在我這麼想時，忽然想起了某件事。

上學的第一天，他讓在教室前原本因腳動不了而發抖的我，自然而然地走進教室。讓我事事都跟同學有所交流。

或許，漣並不像我所想的那樣冷漠、嚴厲。

腦中忽然冒出這個想法，我慌忙打消念頭。我受夠擅自期待後被背叛這種事了。

第六章　觸動心弦

「真波，妳刀工很好耶。」

幽先生看著我在流理台砧板上切沙拉用蔬菜的手，有點驚訝地說。

「欸，是嗎？啊，因為我在老家每天都會做飯……。」

「嘿～～這樣呀。真了不起，好厲害。」

被幽先生笑著如是說，我有點害羞地低下頭。我不習慣被人稱讚了不起、很厲害之類的，所以不知道應該擺出什麼表情。

「要上學還要做飯，很辛苦吧。做得真好，真了不起。」

幽先生不保留的反覆說了不起了不起。光是想到被他稱讚，我的心裡就亂哄哄的，覺得臉頰熱了起來。

自從媽媽住院後，做飯、打掃、洗衣這些家事，都是住在主屋的奶奶幫我們做，但自從我可以熟練使用菜刀後，晚餐基本上就都是我在煮。雖然奶奶跟爸爸說過『這些你當爸爸的要做啊』，可爸爸工作很忙，經常晚上九點多才回家，我跟弟弟都肚子餓，等不了爸爸回來，所以不得不做而已，不過多虧了這點，我在做菜這方面還過得去。

「但是妳明明這麼會做菜，在家裡卻一點忙都不幫。」

突然隔著吧台冒出來的漣一邊壞笑著一邊說。我難得被幽先生稱讚，他卻來攪局，氣死我了。

「你吵死了，漣！我只是因為之前都一個人做菜，所以不知道要怎麼幫忙而已。」

更確切地說，一想到跟外婆兩個人在廚房就非得聊點什麼，就跨不出這一步。但是，自從那天不小心對外婆說了難聽話而好好道歉之後，對說話這件事的抗拒感便逐漸減少。

「而且我最近有稍微幫點忙！」

「欸？嗯？」

「是怎樣，我生氣了喔。不要打混，趕快去做你自己的工作。」

漣說著「是是」，逃難似地跑向大廳。

「可是我真的覺得真波很厲害喔。我高一的時候連菜刀都沒好好摸過啊。雖然覺得應該要自己做飯，但一直都是買便當隨便吃吃。」

我停下手上切番茄的動作，不由得抬頭看身旁的他。

「咦，你自己準備飯菜嗎？」

「嗯，我家人都沒——。」

就在他回答的時候，從大廳傳來喊「幽先生——」的聲音。

「這些分裝盤夠用嗎？我先拿了比聽說的人數多一點的量就是了。」

漣一邊說一邊朝吧台走來。幽先生看了看桌上一字排開的餐具，笑著點頭說「嗯，有這些就可以了」。

「了解。那麼，我杯子也差不多這樣放。」

「拜託你了。真波跟漣都是手腳俐落的人啊。真是幫了大忙。」

「沒有沒有，我是個懶惰鬼，要什麼請跟我說。」

漣親切的笑著，朝餐具櫃走去。

明明昨晚說了一大堆幽先生「危險」這種沒禮貌的話，現在漣已經跟他混很熟了。更正確地說，應該是親近。光是見面幾分鐘，他就笑著跟我報告「幽先生是個超好的人啊」，像完全忘了自己昨晚說過什麼似的。連警戒心強的漣都輕易接受了他，我深感幽先生果然很討人喜歡啊。

幽先生站在我身後的爐子前，熟練地接連做出大量的配菜。堆積如山的玉子燒、香腸、蘆筍培根和炸雞。全是些小朋友應該會喜歡的配菜。

切好蔬菜的我，環顧櫃子裡排列的餐具，找到了適合放沙拉的玻璃小碗。就在我伸手去拿想趕快分裝的時候，幽先生開口說「啊，那個啊」。

「來的都是小朋友，玻璃掉地上會很危險，所以用塑膠的吧。」

「啊，原來如此，的確是……。」

連這種小細節都注意到了嗎，我覺得敬佩。他明亮、開朗又細心，真是個完美的人。我絕對模仿不來。

「裡面有白色塑膠餐具，可以幫我用那個裝嗎？」

「好，我知道了。」

說話的方式也很溫柔。絕對不會用像漣那樣命令的口吻。我連想像都想像不出來幽先生暴躁或生氣的樣子。要怎麼做情緒才能變得這麼穩定啊？

剛做完菜，入口的門鈴就響了。我心臟怦怦狂跳。

接著會有許多孩子到這裡來。雖然我只是稍微幫忙上點菜，但多少還是會跟孩子們接觸吧。不過我很不擅長面對小朋友。

我滿心不安的回過頭，看見三個小學中年級左右的男孩大動作的飛奔進來。

「優先生，午安！」

「好香喔——！今天吃什麼呢？」

「吶吶優先生你聽我說，今天啊，在學校裡……。」

光是看到他們一起纏著幽先生，就知道他們有多喜歡他。他雖然一臉困擾地說「一個一個接著說——」，但笑得很開心。

接著走進店裡的，是低年級和幼兒園年紀的小小兩姊妹。

「哥哥——來玩！」

妹妹立刻迫不及待地抱住幽先生。而後姊姊責備她「優哥哥在忙，等下再說」。他一邊微笑著看她們，一邊摸摸她們兩人的頭說「歡迎妳們來，等下再盡興地玩吧」。

在這之後，孩子們陸續抵達。大家打從心底期待這一天，帶著滿臉笑容入座，用期待的目光看著幽先生。不過，烏浦竟然有這麼多孩子啊，我嚇了一跳。

「好厲害，超受歡迎。」

不知何時站在我身邊的漣，自言自語般小聲地說。我也點頭說「好厲害」。而後他睜大了眼睛看向我。

「妳，碰到幽先生的事情就很坦率。」

「……是嗎？」

「是。妳平常明明老是一副覺得很無聊的表情，說一些鬧彆扭的話。」
「沒什麼……跟平常一樣啊。」
被人正中紅心地指出這一點，我尷尬地低頭否認。
我知道，和幽先生說話時的我，和面對漣時不同，的確不會說那種富有攻擊性的話語。但這也是因為漣吐槽我的關係。如果他像幽先生那樣以成熟穩重的態度對我，我也不會他講一句我就頂一句的。
我本來就覺得自己沒辦法在幽先生這樣的人面前鬧彆扭。在他面前，我覺得有種惡意被拔除似的感覺，總是劍拔弩張的心情變得輕飄飄的柔軟起來，不想說讓他困擾的話，不想讓他討厭。我是第一次碰到讓我有這種感覺的人，為什麼會有這種心情呢，我覺得不可思議。
門鈴再度響起，我看向入口。門口是一個用力拉著一臉困擾的母親要進店裡的男孩。
「打擾了……。」
媽媽抱歉地低頭，然後環顧店內，對幽先生說。
「抱歉，優先生。」
「啊，是！怎麼了嗎？」
他笑著回應，朝那位媽媽走去。
「真抱歉……我兒子說一定要來，所以明知道今天是兒童食堂日，我還是一起過來了。」
「沒關係沒關係！沒問題喔！」
「可是……那個，其實我打工的班表改了，從今天開始週五變成早班，說了『在家裡跟媽媽一起吃飯吧』，但這孩子不聽我的，說『想去優先生的店』……。」

「欸，這樣呀。」

幽先生看向男孩，笑著說「不可以讓媽媽困擾喔——但是謝謝你啦」。

「那個，因為是兒童食堂，所以家長不能來對不對……？」

幽先生笑著對開口請教的母親說。

「沒這種事！我沒有規定只有孩子能來。他一定會想跟媽媽一起的，請兩位務必一起用餐。」

「可以嗎？」

「當然！大大歡迎。」

他用力的點頭後，男孩帶著滿臉的笑喊「太好了！」，抱住媽媽，然後說「媽媽，這邊這邊」讓她入座。幽先生微笑著目送他們後，高聲說「好！」。

「那麼，吃飯吧！」

我和漣聽他的指示，把料理擺在吧台上。孩子們哇啊地歡呼起來。

「哇——看起來好好吃喔！」

「好豪華，豪華！」

孩子們拿著分裝盤和筷子，聚在大盤子前面。

「玉子燒！玉子燒！」

「優先生做的玉子燒好好吃——。」

「有好多種飯糰喔！超厲害！」

「啊——是章魚香腸！」

「我想吃蘆筍培根！」

「我要拿三塊炸雞！」

店裡一下子喧鬧起來。好大的能量啊。這麼多小孩聚在一起是這麼吵的嗎，我縮了一下，不由得往後退一步。

優先生開心的笑著說：

「好啦好啦，冷靜點。輪流拿菜，不可以插隊唷。」

孩子們異口同聲回應「好——」。

擺好大盤料理的漣，看著旁邊一個小男孩手上的分裝盤，提醒他：

「喂，也要好好吃蔬菜喔。」

小男孩「嗚嗯～」的把嘴彎成く字型。

「什麼啊，真是個囂張的小鬼。」

漣哈哈笑著戳戳小男孩的頭。

「好痛！哥——哥你能吃蔬菜嗎？」

「可以啊，我是大人啦。」

「真的假的，你吃給我看。」

「好喔，你看著啊。」

漣在分裝盤上各拿了生菜、小黃瓜、一片番茄，大口大口放進嘴裡。

「啊——好好吃。因為很新鮮所以多汁又美味。你也吃吃看吧。」

他說完後，把黃瓜放進小男孩嘴裡。小男孩一開始一臉嫌棄的樣子整張臉皺成一團，但嚼了幾下之後，用成熟的語氣點頭說「意外能吃」。

漣哈哈哈地笑了，回到我旁邊。

「小鬼真有精神——明明是放學後，怎麼還能這樣跑啊。」

我不知道該如何回答，便換了個話題。

「……漣很會應付小孩耶。」

「啊——應該吧。那個，因為我有兩個弟弟。小弟年紀跟我差很多。」

「欸，是嗎？漣你有弟弟啊。」

「嗯。真波妳呢？有兄弟姊妹嗎？」

「啊……。」

我的心一陣刺痛。只要一想起家人的種種，總會這樣。真樹的臉、爸爸的臉，還有媽媽的臉在眼前浮現，就會奇妙的心跳加速。

「……算是，有吧。我弟小我四歲。」

我小聲回答完，剛好回到廚房的幽先生看看我又看看漣。

「你們倆都有弟弟啊？我也有喔。」

他瞇起眼睛微笑。

「欸，是嗎？好湊巧喔——我們三個人都有弟弟。」

漣相當開心地說。我在心裡插嘴，這沒什麼特別的吧。

「幽先生跟你弟弟應該感情超好的吧。」

聽了漣的話，幽先生笑著點頭。

「嗯，算好吧。不過，我們小時候也是吵過架的。」

「欸，無法想像幽先生吵架什麼的耶。」

我不由得睜大眼睛。我覺得吵架這個字眼，和幽先生似乎是完全相反的。

「會吵喔，就那樣啦。搶著要看哪個電視頻道啊，對戰遊戲要不要延長啊這些。不過啊，我們總是一起玩啦。」

他滿是懷念的瞇起眼睛後，小聲地加了一句，不過暫時沒辦法見面就是了。

「話說回來，我滿意外真波妳有弟弟的。妳是什麼類型的姊姊？」

漣回過頭說。

「沒什麼……就很普通。」

幽先生和漣的視線讓我不自在，我若無其事地別開眼睛。

他們兩人一定和弟弟感情很好、也很照顧他們吧。可是，我不一樣。我只要看見真樹，雖然不是真樹的錯，但我會湧起各種感情，導致沒辦法好好和他說話。我想我對真樹而言，是個完全不像姊姊的姊姊。

就在我想到這件事而心情低落時，我的裙襬忽然被一下一下地拉扯，我嚇了一跳，往下看去。

「姊姊——姊姊——。」

一個幼兒園年紀的小女孩，燦爛笑著抬頭看我。

「欸，嗯，什麼事……？」

「那個，幫我拿玉子燒——！」

小女孩指著擺在吧台上的盤子。看樣子是搆不到。

「啊，嗯，我知道了。妳等等喔。」

「好——。」

我用公筷夾了兩塊放在小盤子裡遞給她後，小女孩滿臉純真的笑著說「謝謝——！」。

我也露出連我都覺得笨拙的笑，回答「不客氣」。

孩子們差不多都吃完飯後，這次開始跑來跑去玩起來。我一邊收拾，一邊和幽先生聊。

「真的有好多孩子來喔。」

「啊啊，對啊。有帶朋友來的，還有聽到消息來的孩子，人數慢慢增加了。」

我點頭說「原來如此」，然後有點疑惑地問。

「不過，那個……雖然說得俗氣，但這要花不少錢吧。也做了很多料理……可您還是免費供應，不會虧損嗎？」

「嗯？那個啊，儘管老客人或鎮上居民會捐食材給我，但要說虧損的確是虧損，正確來說，是大賠啊。」

幽先生哈哈笑了。

「這樣呀……那為什麼即使虧損，還是要做這件事呢？」

我說出口才意識到這個說法不太有禮貌，但他不在意地說「其實啊」。

「我家人在我國小的時候就過世了，我從中學時期就開始一個人住。」

「咦……？」

我啞口無言，只能抬頭看著幽先生。

家人過世的意思，是所有的家人都過世了嗎？所謂的一個人住，大概是這麼一回事吧。剛剛他說和弟弟有陣子不見，或許也是因為弟弟過世了。

還是個小學生就失去的所有的家人，然後變成孤孤單單的一個人，是什麼感覺呢？

「不過，那時候的我還不會做家事也不會做飯喔。所以，是得到附近鄰居多方照顧、各種協助，才勉強活下來。託了大家的福才得以平安長大成人。要是沒有那些人，我不知道我現在會變成什麼樣子。所以，我現在終於能回報鳥浦……這種說法雖然誇張，但我是抱著這種心情在做的。」

幽先生沒有表現出任何倨傲的樣子，露出真誠的笑容說。是個蘊含著堅強與溫柔的笑。

聽了他的話，我一下子覺得自己很丟臉。我這人自私自利又自我中心，任性妄為又老是抱怨不滿，如此嬌生慣養啊。

我不想讓幽先生看到我在家裡或在學校裡的樣子，不想讓他看見我對外祖父母、漣或是同班同學的態度。

這樣的我，丟臉死了。我不想永遠都像現在這樣幼稚、自怨自艾和彆扭。我第一次有這種想法。眼底刺刺地疼起來。

「哥哥——來這裡，來玩！」

小朋友們跑過來，勾住幽先生的手臂。他回答「好喔——」之後，笑著跟我說「之後再說」，一下一下被拉著走。

「……什麼啊，妳，在哭？」

漣的臉突然出現在我眼前。我嚇了一大跳反應不及，只能張大眼睛。

漣從旁邊偷看似的盯著我看，說「妳眼睛溼溼的」。

我慌忙別過眼去。眼前是幽先生一臉開心和小朋友們一起玩的樣子。我盯著他們的模樣反駁漣：

「我才沒哭呢。也沒有理由哭啊。」

「這樣啊。快哭了。為什麼？」

我煩躁地說「吵死了」。這種時候，就算注意到，一般也會當沒看見吧。為什麼要刻意大聲跟我說呢？

「真倔。」

漣聳聳肩。

不行了。雖然滿腦子想著不想永遠像現在這樣，但嘴裡說出來的全是些違心的話。我過去累積了好多年的自怨自艾，已經變成了一種習慣。

這時候大門開了，出現一個抱著嬰兒和拿著大行李的女子。

「晚安。小女承蒙您照顧了。小凜，回家嘍——。」

看來是工作結束後來接小朋友的。

被點到名的女孩臉一下子亮了，朝著媽媽跑去。但可能是跑得太急，跑到一半突然摔倒。

「哇，妳沒事吧!?」

幽先生慌忙靠過去看看情況。緩緩爬起來的小女生發出「嗚……」的聲音，苦著一張臉往媽媽的方向奔去後，緊緊抱著媽媽的腰哇哇大哭起來。

「哎呀哎呀，小凜痛痛呀——。」

小凜媽媽溫柔笑著摸摸小女孩的頭。而後幽先生對著小凜媽媽伸出雙手。

「我來抱寶寶吧。請抱抱姊姊。」

「欸，可以嗎？」

「可以喔——反而是我想抱抱寶寶呢！」

幽先生哈哈笑著說完後，她說「謝謝」，把嬰兒遞了過去。小女孩像這世界上只有媽媽站在自己這邊似的緊緊的、緊緊的抓著媽媽。

我帶著一點苦澀的心情，看著眼前這一幕。

我幾乎沒有像這樣被父母親全心疼愛的記憶。媽媽在我還小的時候就一直在住院，爸爸恐怖又嚴格，不是個可以讓我撒嬌的人。弟弟真樹雖然小時候常坐在爸爸膝蓋上，但我絕對做不到。

儘管是血脈相連的父親，不過我覺得爸爸只是住在同個屋簷下的監護人而已。爸爸也一定只覺得我是個他有義務要照顧的人而已吧。被當成麻煩處理掉的現在，連這個義務也都沒了就是。

忽然離開母親、被幽先生抱著的寶寶，可能是嚇到了，露出哭泣的表情。而後幽先生睜大眼睛、伸出舌頭，開始「咧咧咧——」的逗寶寶。

那表情非常好笑，一臉擔心看著情況的漣，還有附近的孩子們都笑了。我也拚命忍住笑意。看見幽先生，心裡一點一點湧現的負面心情，也不知不覺地消褪了。

這是幽先生的店啊，我想。以幽先生為中心，想見他的人會聚集而來的店。我覺得這超棒的。

「幽先生應該會是好爸爸吧。」

我開口對抱著開心的寶寶回來的幽先生說。

可能吧，他歪著頭笑了，然後繼續說「不過啊」。

「我沒有當父親的打算，所以盡可能地去疼愛、珍視別人家的孩子。」

我不由得欸了一聲，抬頭看他。但是，他只是露出開朗的微笑，似乎並沒有進一步解釋的意思。

所謂沒有當父親的打算，是什麼意思呢。他明明這麼喜歡小孩，也很擅長逗孩子、陪孩子玩，是不想要有自己的孩子嗎。

雖然在意，但我不可能問這麼白目的問題，便默默收回目光。

我聽見漣和一個小學低年級左右的孩子說話。

「禮拜天啊——我要跟朋友去海濱公園游泳——。」

「嘿欸，好有趣喔。大海很危險，不要溺水嘍。」

「欸——溺水？沒問題啦，而且我會游泳！」

「掉以輕心是最危險的。要小心。」

「就說沒問題了啦！」

漣突然用非常嚴肅的表情，對笑著回答的男孩說。

「大海是十分恐怖的。雖然你可能從小就接觸大海，已經很習慣了，但大海是真的很可怕喔。危險的事情就是危險。為了不讓你或你的朋友掉進海中溺水，一定要非常非常小心喔。知道嗎？」

這表情和語氣嚴肅到讓旁觀的我都覺得奇怪。明明不用特意對一個說要出去玩的小孩說這種威脅一樣的話才對。

我覺得這個沮喪起來的小男生很可憐，不由得開口對漣說。

「你不需要用這麼嚴厲的語氣說話吧？」

而後他轉過頭，仍然一臉嚴肅地對我說。

「輕鬆講講，他們聽過就忘了。小朋友一高興起來就不會管周圍的狀況，稍微凶一點才能讓他們長記性。」

他忽然轉過頭，看向大海，那張側臉，比我過去見過的更加認真。我腦中浮現出「非同小可」這個詞。

而後，旁邊的幽先生突然開口說「嗯，對」。

「海雖然很美、很溫柔，但，是非常恐怖的。」

他的表情非常認真。

說不定總是開朗穩重的幽先生，還有看起來無憂無慮的漣，心裡有什麼事吧。我忽然這麼想。

過了晚上八點，所有小朋友們都回去、收拾完畢稍事休息時，大門伴隨著「晚安」的聲音被推開。

「咦，是客人嗎？」

幽先生疑惑地轉過頭，然後開心的喊「啊」。

「是龍和真梨啊！歡迎——。」

他滿臉笑意地跑過去，來人是一對二人組，看似沉穩認真的的男性，以及軟綿可愛的女性。年紀大概是二十幾歲，看起來和幽先生年紀差不多。

「優海，好久不見。」

「想念三島你的玉子燒，就跑來了。」

「欸——真的嗎！謝謝！」

從他們的語氣中，聽出來他們應該是幽先生的朋友。

那個叫做龍的男性忽然環顧店內問幽先生說：
「欸，是不是已經休息了？」
他搖搖頭回答。
「沒，因為今天是兒童食堂日啊。」
「啊，對耶。抱歉，我沒注意到就跑來了。」
「沒關係沒關係，小朋友們也都已經回去了。只有剩下的食物了，如果你們不介意的話。」
「我們才是，方便打擾嗎？不會帶來困擾嗎？」
叫做真梨的女性一臉抱歉地問幽先生。
「完全沒問題喔！才不會困擾呢。」
他笑著說，忽然「啊」地一聲，慌忙讓了張椅子給她。
「啊呀真梨，趕快坐下。站著對身體不好。」
「啊哈哈，謝謝。但是，站一下沒關係的啦——。」
「不不，真梨馬上就要拚了啊，不要太在意。」
「呵呵，謝謝，那我就坐嘍。」
聽到他們的對話，我終於注意到。穿著寬鬆連身洋裝的真梨小姐，肚子圓墩墩的。
或許是注意到我在看，她嘻嘻笑著，一邊摸肚子一邊說。
「快要足月了。預計七月生。」

「啊……原來如此。那個，恭喜。」

「謝謝。你們是來兒童食堂幫忙的嗎？」

我和漣同時點頭說「是」。碰巧異口同聲，有點尷尬。

「雖然今天第一次來，但學到非常寶貴的經驗。」

漣流暢地回答。我在心裡聳聳肩，一如往常的優秀學生樣。可是，能像這樣對第一次見面的人立刻流暢又像個大人般對話，我覺得很厲害。

幽先生用手表示，介紹我們「是真波和漣」。

「我跟真波抱怨兒童食堂人數增加，有點人手不夠所以很吃力，結果漣也來幫忙了。兩個人手腳都俐落，幫了大忙啊。」

接著這次指著他們倆。

「他們兩個，是我同學龍和真梨。他們倆從高中就開始交往，去年美滿結婚！」

幽先生彷彿是自己的事情般真心笑著，一邊拍手一邊說。

「等等，不好意思啦，三島……。」

「優海不管到哪都是這個感覺啊。」

龍先生和真梨小姐雖然害羞，但開心地微笑。

「龍在高中當體育老師和棒球社指導老師，真梨是中學的英文老師。很厲害吧。」

他又像是自己的事情似地繼續誇讚。

「我去準備餐點，你和真波他們聊聊天等我一下喔——。」

連漣都跟在說完就走進廚房的幽先生後頭，說「我來幫忙」，和第一次見面的人一起被留下來的我覺得如坐針氈。

而後或許是察覺到我的心情，真梨小姐笑著開口跟我搭話。

「初次見面，真波。妳是鳥浦人吧？我也是這裡人。不過先生是距離這邊稍遠一點的城鎮出身。」

「啊，是這樣嗎。那個，我是N市人……媽媽娘家在鳥浦。然後，我是從五月分開始住到外祖父母家的。」

「原來如此，才剛搬來啊。這鄉下地方各種不方便吧。」

「嗯，是啊……。」

老實回答後，我有點後悔，覺得自己沒禮貌。不過，她似乎不介意，繼續輕輕撫摸自己突出的孕肚。

「我現在是因為要生產所以回到故鄉來。久違回到鳥浦後，覺得便利商店關好早、能吃飯的店好少、連買點日用品都得開車，真的很鄉下啊。不過啊，因為這是我出生成長的城鎮，我還是很喜歡它。」

我輕輕點頭，不知道該說什麼好，看了她肚子幾眼回答。

「肚子大起來，購物什麼的一定很辛苦吧……。」

而後真梨小姐覺得很有趣的笑了。

「是啊，稍微走幾步就覺得上氣不接下氣，說辛苦是挺辛苦的。不過，也有很多好事喔。」

我歪頭好奇回問「好事？」。

「對啊。和學生們說我馬上就要休產假之後啊，爬樓梯時會有人說要小心，拿大行李走路的時候，會有人很快從旁邊接手幫我拿。當我肚子脹痛不舒服，撐著努力上課時，平常調皮搗蛋完全不聽我說話的孩子發現了，對我說『老師，妳是不是身體不舒服？我幫妳上課，妳坐著休息。』都是託肚子裡這孩子的福，我感受到這麼多的善意。」

或許是想起當時的情景，她微微低下頭呵呵笑了。

「其他共事的老師們也讓我做一些比較沒負擔的工作，代替我做一些要長時間站著的工作，非常體貼我。乘坐巴士或電車的其他乘客，也會注意到我的肚子讓座給我。託了大家溫暖接受這個新生命並守護著這孩子的福，我才能平安無事到現在。我在媽媽肚子裡的時候，也一定像這樣受到許多人的體貼、溫柔與愛守護著，平安出生長大……。」

她說著，慢慢輕輕地上下撫摸大大的孕肚。

「父母親啊，是無條件的疼愛孩子的。我是認真的覺得，即使是付出自己的生命交換，也想保護孩子。從樓梯上摔下來時，回過神來發現我拚命保護著自己的肚子，從頭摔下去都無所謂。我在真波妳這個年紀時，連想像都想像不到，我會有這樣的一天，會有這麼無條件愛著一個人的一天。」

「欸，我呢？妳沒有無條件愛著我嗎？」

龍先生一臉可憐兮兮地看著真梨小姐。

「對龍不是無條件的喔。因為你重視我，所以我也重視你呀。」

「欸，突然來這一下……有點害羞啦妳別這樣……。」

我看著他們倆相處融洽的樣子，忽然感覺心裡蒙上了一層陰影。湧起一股會讓心裡不舒服的黑暗念頭。

「怎麼了？真波？」

「啊，沒，沒什麼。」

真梨小姐看著我。我慌忙搖頭。

而後她突然伸出食指，像是否定似的在我臉前左右搖動。

「不要糊弄我喔。看妳的表情就知道了。我可不是白當老師的。」

看透一切似的眼神與語氣。

「方便的話，我可以聽妳說說嗎？」

看著她瞇起眼睛中的平靜，我回過神來時，發現自己已經老實地把自己想的說出來了。

「……不是每個人都是這樣的吧。」

真梨歪著頭「欸？」了一聲。

「不是所有的父母親，都會無條件地、不求回報的愛著自己的孩子吧……。」

驚訝地睜大眼睛的她，帶著一點悲傷的微笑點頭。

「是的。看看新聞，的確是有對自己孩子說一些不可置信的話、殘忍對待孩子的父母親。」

我輕輕點頭。真梨小姐平靜地繼續說「但是啊」。

「我覺得十月懷胎，二十四小時拚命照顧新生兒，保護孩子免受傷害和疾病成長，真的是很辛苦的事。如果沒有愛，是做不到的。小時候不知道什麼是危險，也不知道什麼時候會碰到什麼性命攸關的事。所以啊，聽了有小孩的朋友說的話，我覺得能平安長大的孩子，是身邊的人仔細撫育，拚命保護的，平安無事長大是宛如奇蹟般的事。」

我能理解她的話。但是，實在沒辦法老實接受。腦中閃爍的雙親殘影干擾了我。

十年前的那一天，媽媽看都不看我一眼，抱著弟弟真樹的背影。還有，爸爸總是只看著真樹的側臉。我光是想起來，心就冷得宛如凍住，覺得硬生生被削掉似的。

換做以前，我應該會在這裡『反正我的心情沒人了解』就不想下去了吧。但是我想起了今天來兒童食堂的許多小孩。周圍其他人會餵還不能自己好好吃飯的孩子，大人會提醒要做危險動作的孩子。有許多的人保護、支持著那些孩子。

說不定，在我很小的時候，爸爸、媽媽、還有身邊的大人，就像保護那些孩子一樣的保護著我。

我腦中浮現幽先生笑著說，他是靠著身邊人的照顧、支持，才得以活下來長大成人的。

「可能吧……。」

不管怎麼想都沒辦法立刻找到答案，我只好模稜兩可地回答她。

「歡迎回來，小真、漣。」

回到家打開玄關大門時，外婆從屋裡走出來。

「啊……我回來了。」

「我回來了，奶奶。」

「辛苦啦，真了不起。」

外婆顯得相當開心地對著我笑。

「晚飯好了，你們兩個都去洗手吧。」

說完，外婆邁著與平常不同的輕快步伐回到廚房。

小朋友們回去後，雖然幽先生幫我們準備了員工餐，但知道外婆在準備晚飯，所以就想稍微吃一點就好。

「真波妳去兒童食堂幫忙，爺爺奶奶都非常開心。」

漣脫下運動鞋，一邊踏上玄關臺階一邊說。

「欸？」

「說妳終於習慣鳥浦生活了，這樣。」

「啊啊……。」

原來如此，他們一直在擔心我啊，事到如今我終於意識到了。我帶著抱歉的心情洗好手，走進起居室。

餐桌上，一如往常放著煮里芋。

我是真的吃膩了，最近有時候一塊都不碰，可今天我刻意地第一道就去夾。

而後，外婆高興地說：

「小真很喜歡里芋呢。」

「欸……啊，算是吧。」

雖然不特別討厭，但也說不上特別喜歡。我不知道該怎麼回答，就模稜兩可地一邊點頭一邊吃。

外婆回廚房時，漣開口說「妳呀」。

「因為妳剛搬來那天晚上只吃里芋，所以奶奶一直都做里芋料理喔。妳有發現嗎？」

「欸……？」

我驚訝地抬起頭。看看漣，然後看向廚房。珠簾另一頭的小小背影，看起來滿是比平常開心的氣息。

為什麼我一直沒注意到呢？大家對我這麼好這件事。

答案很簡單。因為我只想著自己，看不見周遭的事物。沒有多餘的心力去注意別人對我的擔心和貼心。

這樣的我真是難看死了。我想，我不能一直這樣下去。

因為來到了這個城鎮，我終於能這麼想了。

餐後收拾完畢，不知道為什麼不想像平常一樣回自己房間的我，坐在起居室旁的廊台上。

坐在這裡，能看見庭院樹木另一頭的海。夜晚的大海安靜而湛藍，到處都閃著銀色的波光。

「怎麼，好難得喔。」

背後傳來聲響，我轉頭一看，是漣站在那。他就這樣在距離我兩個人寬的地方坐下。

「……今天，嗯，想要呼吸一下外面的空氣。」

我隨口回答，他帶著幾分興味盎然的表情歪頭說「嗯？」。真是個傲慢的傢伙。

在我聽著溫柔的夜風吹動枝葉而沙沙作響的聲音時，漣突然開口：

「不只里芋。」

是什麼啊，我轉回視線。漣的黑直髮在風中柔順搖晃。

「真波妳決定搬來時，奶奶立刻去買了可爾必思。說是妳以前來這裡玩的時候，妳看起來覺得可爾必思很好喝。所以說得要準備起來。」

「咦……？」

又知道了我沒注意到的事實，我睜大眼睛。

來這裡玩的時候我還太小，幾乎都忘記了，但說起來，我幼兒園的時候非常喜歡喝甜的東西。不過被爸爸罵光喝果汁要是蛀牙怎麼辦之後，就幾乎不喝了。

那麼久以前的一點小事，奶奶居然一直記到現在，還特意買給我喝。

但我那天看到眼前外婆拿出來的可爾必思，卻只覺得這是小朋友喝的飲料，既愚蠢又無言。

那時候我是用什麼表情拿起杯子的呢。然後，外婆看著這一切是怎麼想的呢。

「妳搬家那天也是，爺爺腰痛，奶奶膝蓋也不舒服，但他們倆還是說『要去車站接妳』，實在沒辦法，所以我代替他們去。」

「欸……這些，為什麼不早點告訴我？」

沒有注意到是我的錯，但我忍不住像在責備漣一樣地說。就在我想重新開口時，他露出傻眼的表情說「因為啊」。

「就算告訴妳，妳也不會老老實實的聽進去。」

「……。」

無法否認。漣覺得啞口無言的我很有趣似的看著，繼續說。

「不過，我總覺得如果是現在的妳，應該可以好好坦然接受、可以好好打動妳的心。所以我才說的。」

對，我點點頭。然後，我在心中吶喊「好」，下了決心。

「……謝謝你告訴我。」

光是要把這些話出口，就需要莫大的勇氣。不過，能夠好好說出來，我鬆了口氣。

漣意外似地睜大眼睛，然後笑著說「不客氣」。

「小真，漣。」

外婆拿著放了玻璃杯的托盤走過來。

「我準備了可爾必思，不介意的話要不要喝？」

這時機恰到好處，我和漣不由得對視一眼，同時噴笑出聲。

「欸，怎麼了？」

我一邊忍著笑，一邊對困惑的外婆道歉說「抱歉」。

「因為我們剛好聊到可爾必思，所以有點意外。」

「哎呀，這樣嗎？真剛好。」

「嗯。我想喝。我開動了。」

我伸手拿起玻璃杯。然後，忍著劇烈的心跳深呼吸一口氣後，笑著對外婆說。

「謝謝。」

外婆睜圓了眼，「欸？」地看著我。我想她可能沒聽清楚，所以再說了一次。

「外婆，一直很謝謝您。」

我緩緩地、清楚地說完，外婆的眼睛睜得更大，說著「哎呀哎呀，沒有沒有」，然後像輕柔綻放的花朵般露出笑容。

「不客氣。」

我覺得有些不好意思，把另外一個玻璃杯遞給了漣後，用雙手包著自己的那一杯，看著杯子裡面。

在夜色中輕輕浮現的乳白色。空窿窿發出聲音的冰塊。喝了一口，纏住舌頭似的濃濃甜味蔓延開來。

「……好好喝。」

我不由得小聲地說。外婆非常開心地笑了起來。

如果我的一句話能讓她這麼開心的話，要多少我都說。我衷心這麼想。

「嗯，好喝。」

旁邊的漣也自言自語似地說。好好喝喔，我回應著。

從大海吹來的風息穿過庭院，吹到廊台，輕輕拂過我的臉頰。

地板嘎嘎作響，所以我看了過去，是拿著蚊香的外公走了過來。

「蚊子快跑出來了，點個蚊香吧。」

「哇啊，謝謝爺爺。」

漣笑著接了過來，放在旁邊。我也開口說「謝謝」。

「慢慢聊啊。」

爺爺穩重地點頭後，朝浴室走去。

「真波妳真幸福，有這麼溫柔的外公外婆。」

聽了漣的話，我大大點頭。

一邊乘著晚風喝可爾必思，一邊回想今天的事。非常漫長，卻又非常充實的一天。

我是第一次碰到這麼多觸動我心的事。因我不知道、沒注意到而錯過的許多心意。幽先生、真梨小姐與龍先生、外公與外婆，還有漣，各式各樣的想法。

我一邊拚命忍住湧出的淚水，一邊產生了強烈想改變的想法。

我想改變。那怕只是一點點，也想好好改變。

想要釋放自己的心，多表達出自己的感受。這麼一來，一定也能好好接受對方的心意。

第七章　為風吹拂

「外公、外婆，我出門了。」

我一邊在玄關穿鞋一邊開口出聲，兩老一起從起居室出來。

「去吧，小真，路上小心。」

「好的。啊，今天委員會那邊集合開會，我可能要晚一點回來。」

「好的好的。加油喔。」

「謝謝，我出門了。」

一走到外頭，在海面上反射出白光的晨光便照著我的眼睛。進入七月，已經完全是夏季景色了。

背後傳來「我出門了」的聲音，我一看，是漣從玄關走出來。

「什麼，妳在等我啊？」

聽他壞笑著說，我輕描淡寫的帶過「你白痴嗎？」。

「嘿——害羞啦？」

我沉默地往車站走去。「等等」，漣推著自行車追了上來。社團活動結束、天黑才會離校的他，是騎自行車從車站回家的。這樣的話去搭車時也騎車就好了啊，但他總是推著車跟我並肩而行。

我走在已經完全熟悉的路上，忽然想起已經過了兩個月了啊。這期間，我的狀況有了驚人的改變。

一開始我封閉自己的心躲在殼裡，盡可能不跟任何人接觸，但因為在Nagisa的兒童食堂幫忙的契機，決定自己要改變後，和外公、外婆的對話也慢慢變多。在學校，我也戰戰兢兢地舉手競選在班會上討論後還是懸而未決的圖書委員，覺得自己非常努力。

覺得加入圖書委員會很不錯的原因，主要是因為週五是休館日沒有活動。而週五是兒童食堂日。

週五之外的日子我真的很想去Nagisa，但是有委員輪值、六月開始的升學補習，所以沒辦法去。

不過，我比我想像得要平靜。不像之前這麼依賴幽先生，盡可能好好生活。只是，我因此更期待能見到幽先生的禮拜五，期待到自己都嚇到的地步。

抵達學校進入教室後，剛換到我鄰座的女孩說「早」跟我打招呼，我也回「早安」。雖然由我主動開口還是很困難，但至少我可以不低著頭往上看，人家跟我說話，我能好好回答。

決定不再低頭拉開防線拒人於千里之外之後，周圍的人和我說話的機會自然而然地增加了。儘管還沒有稱得上是朋友的人，可也不到孤立的地步。

我這樣的變化似乎也讓外公外婆感受到了，他們開心的對我說「最近開朗了不少呢」。

我努力在改變。努力主動接近別人的話，對方也會接近我。在這麼理所當然的事直到現在才意識到的我眼中，世界看起來非常閃亮。

第一堂的體育課上的是籃球。

在完成熱身和簡單練一些傳球、投籃後，老師說開始比賽。男生先進場，女生各自在牆邊休息觀賽。

比賽一開始，就迅速吸引了大家目光的，是漣。

每當他他迅速抄掉對方的球，從狹窄的縫隙中做出高難度傳球，用出奇不意的假動作突破對方的防守，輕鬆起跳精采投籃得分時，女孩子們都會拍手歡呼。

我一邊配合其他人輕輕鼓掌，一邊不由得在心裡吐槽，明明是個排球社的，沒想到打籃球也這麼游刃有餘。

就在我一邊想一邊看的時候，注意到對手隊伍中有個人的動作很怪。體育課是兩個班一起上，所以別班的人我只認得臉，但他趁老師沒看見時，用自己的身體當掩護去抓對方的手臂、拉對方的衣服，妨礙比賽。

我看他的表情扭曲，似乎很急躁的樣子，大概是覺得自己要輸了吧。

大家當然也都看到了，看了幾眼，竊竊私語起來，但沒有人和老師說。大家大概是想這只不過是一堂體育課，不值得多嘴，或是不想破壞氣氛讓事情變糟。

但是這感覺好差，我一邊想一邊追著他的動作看時，因為攻守交換，場中的人開始一起移動，犯規的男生也朝我這邊走過來。他又避開老師的視線，為了堵住對手的路，從旁邊用身體用力撞上去。被撞的男生踉蹌一下，差點跌倒。

「哇啊，好危險。」

「好過分。」

周圍的女孩們也傻眼地議論紛紛。

這時候，漣從另外一頭跑過來。然後追上他「喂」地喊了聲。

雖然聲音很小，但剛好就在我面前，所以我聽得見。

「用這種方式贏了你會高興嗎？只是讓自己丟臉而已，別再這麼做了。」

我想漣大概是想保護他的自尊心，所以用其他學生聽不到的音量說。不過，這話的內容，嚴厲得一點都不留餘地。

被漣這麼說的男孩張大眼睛看了漣後，一臉悔恨地咬著嘴唇跑走，但之後就安分了。

以前我看到漣這種行為時，會覺得他是個冷酷的討厭鬼。即使會傷害對方，他也會直接說出來，是個不會想到別人心情的人。

可是，現在我知道了。漣的話語和幽先生的穩重溫柔不同，是和嚴格互為表裡的溫柔。為了大家、為了對手，他勇敢擔起被討厭的那個角色，毅然決然地說出真相。

漣不說謊。更確切的說，我覺得他不會說謊。討厭就說討厭，覺得不愉快就說生氣。一般情況下，這在建立好人際關係這點上並不是好事。

不過對我而言，他這種直接了當，也是有幫助的。

中學時，我因為人際關係而痛苦萬分。腦中雖然知道這不是什麼大事、並不稀奇，但還是非常難過、痛苦、悔恨、難受，在那之後，我完全不相信別人外在的表情和動作。我知道人在笑容背後也會隱藏著負面的感情。

我因試著去解讀周圍對我溫柔的話語與明亮的笑容背後隱藏了什麼而變得疑神疑鬼，不知不覺變成了一種習慣，經常懷疑對方的言行舉止。雖然我不會去解讀幽先生笑容背後的意義，但這是因為他不像家人或同學一樣，和我有著緊密的關係。我知道他不需要欺騙我來隱藏他的惡意，所以我也覺得我可以相信眼前所見的，如是而已。

可是，漣不一樣。他一直誠實地表達自己的感受，生氣、不愉快也都全寫在臉上或會說出來。正因為我知道這一點，所以和他在一起的時候不需要試探他隱藏的情緒，這讓我感覺輕鬆許多。

搬到鳥浦時，他魯莽地闖入和別人畫清界線的我心裡，想說什麼全說出來。儘管我那時覺得非常痛苦，但如果沒有他，我應該現在還縮在殼裡吧。

漣真了不起，我在心裡小聲地說。

「漣好厲害啊。」

宛如讀心似的話忽然出現，我瞬間回過神來，慌忙看向說話的人。是坐在離我兩個人距離遠的橋本同學。看來她也聽見漣的低語了。

「啊……嗯，對啊。」

「能一下子說出那樣的話，值得尊敬。」

「嗯，一般很難說出口啊。」

「而且他讀書、運動都很拿手，個性好又細心，和其他男生完全不一樣，像個大人。白瀨，妳跟他住在一起不會心動嗎？」

心動，這個意外至極的話語，讓我「蛤!?」的睜大眼睛。
「沒有沒有，不會喔……。」
「欸——真的嗎？」
「沒有沒有，真的沒有。」
我雖然在臉前拚命揮手，但橋本同學似乎看起來並不相信。
「因為，我不懂得什麼是戀愛……。」
我苦澀地說完，這次換她驚訝地睜大眼睛。
「不懂的意思是，妳沒有喜歡過一個人嗎？」
「嗯，算是吧……。」
我一邊想這有這麼奇怪嗎，一邊點點頭。
「我不知道喜歡上別人是什麼感覺。」
我老實地表達自己的想法，橋本同學「嗯——」地微微歪著頭說。
「想到能見面就期待到雀躍不已啊、光是見到那個人就開心啊、沒事還是想說說話啊、但是跟他說話會心怦怦跳，這樣？」
「……原來如此。」
對我來說，符合這些條件的，是幽先生。到了能見面的日子，我從早上就期待不已，走進Nagisa，他笑著迎接我，我會很開心。雖然我不是很確定這是不是怦然心動，但和他見面閒聊，我有種安心的感覺。

我喜歡幽先生嗎。雖然覺得我不是很清楚，但這麼一想，我覺得可以解釋我到目前為止的感受。

彆扭的我能坦然面對幽先生。甚至半夜跑出家門去見他。明明不擅長與人交往，卻主動提出要在兒童食堂幫忙。能和他見到面的日子，總是開心得不得了。

這一切，都是因為我喜歡幽先生。

◇

自從意識到自己的心情後，我每天都過著心裡七上八下的日子。終於到了禮拜五，和幽先生見面時，我有一種心臟狂跳的奇妙感覺。

兒童食堂結束後，我跟著幽先生一起去夜間散步。今天我無論如何都想和他慢慢聊，所以早上出門時就跟外婆說「我會晚一點回來喔」。

「妳是不是有什麼煩惱？」

我莫名坐立不安，吹著海風默默看著海時，幽先生忽然開口問我。

「欸？沒有……。」

「妳今天看起來好像有心事，所以我想是不是妳在家裡或學校發生了什麼事。」

他輕笑著說。

「啊，不，那沒問題。我最近已經有點習慣了。」

我一邊搖頭，一邊因他察覺到我的樣子跟平常不一樣而開心。

「原來如此原來如此，這樣就好。」

幽先生放心似地笑著點頭。

注意到我細微的變化也好，把我的事情當自己的事情一樣放下心來也好，我都好高興。湧起了說不定他特別在意我這種不自量力的期待。雖然覺得他這樣的人不可能喜歡我，但同時心裡又滿是「說不定呢」的念頭。

游移不定的心情讓我說不出話來，幽先生歪著頭看我。

「這，難道，是戀愛的煩惱一類的？」

「呃！」

沒想到幽先生會在這個時間點說出這個單字。我想著是不是我心裡想的事情被看透了，心臟開始急速跳動，快到幾乎破裂。

「沒、沒有沒有……這個……。」

我差點想反射性的蒙混帶過，但鼓勵自己這可能是個機會。

「……那個，幽先生，你有喜歡的人嗎？」

我的聲音微微顫抖，心跳異常響亮。緊張到不知道該怎麼辦。我硬是抬起幾乎要低下的頭看著幽先生。

「有啊。我有一直一——直喜歡的人。」

「欸……。」

我的頭像被鈍器擊中，正確來說，應該是這種感覺吧。沒辦法用震驚這種普通的詞來形容眼前一下子變全黑的感覺。

幽先生有喜歡的人。而且，是他用清澈的眼神清楚明說『一直一——直喜歡』的人。

雖然震驚得說不出話來，但這樣下去他會覺得我很奇怪，就硬是擠出笑容。

「……嘿！有這麼喜歡的人啊。」

我拚命裝出孩子般單純的好奇心。

「好好奇喔——是什麼樣的人呢？是我認識的人嗎？更確切地說，是鳥浦人嗎？」

幽先生覺得有趣地笑了，嗯一聲點點頭。

「雖然真波妳不認識，但她是鳥浦人喔。」

儘管是我自己問的，可他的回答仍然反覆刺進我的心。

他真的，有喜歡的人啊。而且，在這個小鎮上。難道他們其實正在交往、住在一起？我自顧自地想像，自顧自地難過。

「這樣啊……鳥浦的……。」

「嗯，從小就住在附近，一直都在這裡一起生活。」

「這樣，算是青梅竹馬嘍？」

「是啊。」

幽先生看起來莫名笑得很開心，可是他繼續說下去的聲音，有點變化。

「現在，她在那裡。」

那裡，伴隨著這個詞，他伸出手指往正上方比。

我跟著看上去，他指的是遙遠的夜空。

「欸……？」

鎮上沒有什麼路燈，所以我望著能清楚看見無數星星的天空，倒抽一口氣。

「這意思是……。」

我小心翼翼地轉回視線。幽先生微微歪頭，露出一個無力的笑容。

「嗯，她過世了。」

我感覺我的喉嚨被扼著似的，呼吸困難。

我沒想到事情會變成這樣。要是沒開口問就好了。竟然讓他露出這樣的表情。

我說不出話，盯著他看，忽然想到一件事。

「……難道，你每天來這裡是……？」

到了晚上會有幽靈出沒的沙灘。幽先生為什麼每天晚上都來，光看著海待上很長一段時間。我原本以為只是散步，但也許是有目的的吧。

就像是證實我的想像似的，他露出悲傷而寂寞的微笑。

「……嗯，是喔。要是真的有幽靈，說不定哪一天會現身吧……我想。」

啊啊，我發出無聲的嘆息。

光是聽到幽先生說的話，聽到這個聲音，就能深切感受到他是有多麼渴望著她出現。

「……幽靈也好，要是能再見一面就好了……好想見她。」

幽先生看向大海。眼神坦白得讓人心痛。

這之後，我和他暫時都沉默了下來。只有海浪的聲音震動著耳膜。

在宛如永恆般漫長的時間後，我輕輕開口。

「……她是什麼樣的人呢？」

過世之後，還讓幽先生這麼想念的對象，是什麼樣的人呢。雖然覺得我這問題可能很白目，但我沒辦法不問。

他微微歪著頭似乎在思考了半晌，緩緩開口。

「很難解釋啊……我們從小就在一起，一起度過很長很長的時光，真的看到了她很多樣子，很難用一句話描述。」

幽先生小聲地呵呵笑起來。像是回想起與她共度的時光，就情不自禁似的。

「但是，是的，嗯……她是非常、非常溫柔的人喔。在臨死之前，還說『我只希望優海你幸福，把我自己的這份幸福全都給你』這樣的溫柔。」

——把我自己的這份幸福，全都給你。

好棒的一句話啊。這一定是只會對真心愛著的人才能說出來的話語。光是從這句話，就能深刻感受到她一定是真心愛著幽先生的。

「凪沙她，真的很溫柔。」

我睜大眼睛。

「凪沙……是凪沙小姐嗎？」

我用沙啞的聲音詢問，幽先生深深點了個頭。

「是啊。這家店，也是用凪沙的名字命名的。」

他轉過頭，看向自己靜靜矗立在堤防另一端的店。

「而且，店裡的招牌玉子燒，也是一道對我和凪沙而言充滿重要回憶的料理。」

幽先生有點害羞的笑了。

留下只希望他幸福的話語逝去的凪沙小姐。然後，是持續保護著以她名字命名店鋪的幽先生。心意相通、彼此相愛至極的兩人。

「所以，我不會再戀愛了喔。我決定只想著凪沙活下去。」

看見他堅定的表情，我回想起他曾說沒有打算當父親這句話。

因為心裡有凪沙小姐，所以他決定不會再愛上任何人，也不會結婚，一個人活下去。

我覺得這是非常寂寞而悲傷的。希望他不要說出不再戀愛的話。

「可是凪沙小姐希望幽先生你能幸福吧？或許你無法忘記凪沙小姐，不過凪沙小姐不是希望幽先生你喜歡上其他的人、有朝一日結婚、成為父親，過得幸福嗎？」

我一邊說，一邊想起以前在電影還是連續劇裡聽過的一句話。朋友鼓勵一個持續思念幾年前因病過世的戀人，導致無法振作的女孩。

『為了已故的戀人，妳得繼續前進、談新的戀情，過得幸福。在天上的他，也應該希望妳笑著活下去、幸福度日才對。』

我覺得凪沙小姐大概也是這麼希望的。在天上看見自己喜歡的人一個人孤獨的活著，或許會很難過吧？

但是，幽先生卻微笑著搖搖頭。

「我認為，人生的幸福不是只有戀愛、結婚、生子。」

他一臉信心滿滿的表情。我倒抽一口氣，沉默地回望他

「就算不談戀愛，不過光是客人和小朋友能因我做的料理而開心，平常可以和朋友去吃點好吃的、喝點小酒，偶爾打打慢速壘球和籃球，我就非常滿足、幸福了。」

他就如他所言，看起來很幸福的笑了。

「結婚也好家庭也好，來生再做也可以。下輩子我就能和凪沙結婚了，然後會和她組成一個被孩子、狗和貓圍繞，熱鬧且幸福的家庭。」

幽先生像在規劃遙遠未來似的，望向遠方說。

「所以，總之我的戀愛目前就到此結束，這輩子能和凪沙相遇就夠了。」

澄澈的眼神，以及毫不猶豫的話語。

他看了眼什麼都說不出口的我，覺得有點好笑地繼續笑著說「其實啊」。

「凪沙在過世之前，她說『忘了我也可以，你要幸福』。但是那一定不是真心話。因為凪沙相當愛逞強，又很固執。所以我猜其實她應該不希望我忘記她。我知道。所以我忘不了。絕對忘不了。」

不知不覺間潮水已經漲得很高，不規則變形的海浪拍在我的腳尖上。球鞋已經溼透了。

即使如此，我還是滿腦子凪沙小姐的事，呈現停止思考的狀態的我，像個傻子般站在那裡

盯著自己的腳。然後幽先生拉著我的手，把我帶到海浪到不了的地方。

現在這份溫柔讓人心痛。我咬著唇。

「老實說，凪沙剛過世的時候，我也曾經想過不如去死。我沒有家人，我死了，雖然有人會為我難過，但也不會有人因此困擾。再加上，要是死了就能見到凪沙了。所以，這樣就夠了……。」

很傻吧，幽先生笑著說。

「不過啊，我改變主意了。因為凪沙非常重視我，所以我也得好好照顧自己，這樣。如果我隨便生活的話，凪沙一定會生氣、會難過，可能會哭泣。所以我覺得，我要拚盡全力活下去。我什麼都不能為凪沙做，所以至少想實現凪沙最後的願望，幸福的活下去……。」

心底湧起一股熱意。我拚命忍住幾乎要發出的嗚咽聲。

但是，一道淚水不知不覺間滾落。

我用手背擦去從臉頰落到下顎的淚水時，幽先生發現了。他哇地驚呼。

「真波妳怎麼哭了呀？」

他不知所措地笑了，然後安慰似地拍拍我的肩膀。我瞬間就如同瀕臨潰堤的堤防崩壞似的哭出來。

「是為了凪沙而哭泣嗎？謝謝妳……。」

對不起，不是的。我在心裡道歉。

對不起。我不是這麼好的人。

我，是為了自己而哭泣。為了我連表達自己感受都做不到，就這樣失去希望的戀情。我反而對凪沙小姐有著過世真是太狡猾了，根本就沒有勝算啊這種過分的想法。對不起。我心中的醜惡，和幽先生對凪沙小姐思念的美好有著巨大的反差，大到可笑。

「對不起……我沒事。」

我勉強擠出笑容。幽先生還是一臉擔心的表情，但我跟他說「我真的沒事」，用雙手擦臉。

「怎麼說，就是那個，講到海就覺得很感傷啊。」

幽先生瞬間張大眼睛，而後笑著說「是啊」。

我們就這樣沒有說話，只是並肩看海。

在月光下閃閃發光的深藍色大海，還有和閃耀著無數星輝同色的天空。鑽進耳膜的微弱波浪聲。夜晚大海的美麗景色，讓我慢慢抑制住了想哭的衝動。

凪沙小姐希望幽先生幸福的願望與期盼，以及幽先生為了凪沙小姐要幸福生活的誓言。我覺得那相當令人難過而揪心，可卻又散發著非常溫暖、溫柔光亮的決心，好像被無邊無際的海洋吸進去似的。

然後，我剛萌芽就結束的戀情也流向大海了，我想。我並沒有強大到能永遠懷抱著無法實現的感情。

再加上，不管我做什麼，都贏不過凪沙小姐。或許不是輸贏的問題，聽到她只盼望著幽先生幸福的話語，我就說不出自己淺薄的感情。

幽先生的頭髮在海風中輕柔飄揚，眼眸裡倒映著夜晚的海洋。總是帶著開朗無憂笑容的他，其實心裡有著我連想都想像不到的巨大祕密。我覺得我第一次感受到，人的心宛如深淵。

大家就算看起來順風順水沒有煩惱，但心底深處，或許隱藏著一些沒有對別人訴說、不為人知的感情。所以，絕對不可能光從外表來判斷一個人。

在潮溼的夜風中，我一邊咬著帶著淚水味道的嘴唇，一邊這麼想。

「——發生什麼事了？」

我一回到家，在走廊上遇到我的漣就開口詢問。

因為哭過，所以我打算讓夜風吹涼我發熱的眼睛，但可能變紅了吧。我微微低著頭，試著用瀏海遮住眼睛，搖搖頭。

「沒什麼……怎麼這麼問？」

「總覺得妳和平常不一樣。」

漣看著我的臉。我說「別這樣」別開臉，隨便胡謅一個「只是隱形眼鏡跑片而已」的理由。

他輕笑著說「有夠常見的藉口」。

「……這該看破不說破吧。」

我驚訝地說。漣皺眉問「為什麼？」。好像真的不知道。

「所謂藉口，就是不想讓人知道真相。不用刻意指出來，裝做不知道讓事情過去就好了！

你真的很不會察言觀色……。」

我一邊抱怨一邊朝起居室走，漣聳聳肩跟上來說「嗯，或許是這樣沒錯」。然後繼續開口「是說」。

「妳跟幽先生聊過了？在沙灘上。」

我瞬間不敢相信自己的耳朵，然後睜大眼轉頭說「蛤？」。

「你看見了!?」

「我只是去自動販賣機途中碰巧經過。」

漣若無其事地說。這時機也太糟了吧，我心想。

「難道是幽先生弄哭妳的？」

「幽先生不會做這種事吧……。」

「那，是被甩了？」

「蛤……蛤？」

我的眼睛睜得比剛剛更大。他一副沒什麼的樣子對啞口無言的我說。

「因為，妳喜歡幽先生對不對？」

「為、為什麼……？」

「看就知道。像妳這種彆扭鬼，面對幽先生立刻就乖了，還很老實，一直用閃閃發亮的眼神看他。」

漣注意到了連我自己都沒發現的感情，我沒想到會被用這種形式點破。

「……忘了吧。因為已經結束了……。」

「結束了？」

我緩緩在廊台上坐下。他也什麼都沒說地在我身旁坐下。

「……幽先生有個一直喜歡的人。可是，那個人——。」

只藏在我心裡太沉重的故事。我希望有人聽我說，所以忍不住開口。但是，稍微想了想後，我沒說凪沙小姐已經過世的事。這不是可以隨便和別人閒聊的內容。

「……他跟我說，他之後會繼續愛著那個人，只認定那個人，所以不打算談新的戀愛。」

「……嗯，這樣啊。」

漣輕輕點頭，就這樣沒有再說什麼。

一般來說應該會安慰一下吧，不過簡單應了一句就結束什麼的，的確很有漣的風格。而且就我而言，我只是要找個人說話而已，所以這比笨拙的對我說一堆有的沒的要舒服點。

之後我們就這樣一句話都沒說，兩個人並肩坐在廊台上，直到奶奶喊我們「差不多該進屋了，要感冒嘍」。

是像溢出的海水一點點退去似的，非常寧靜的時光。

第八章　沐雨淋漓

難得的假日，卻從一大早就雨下個不停。

昨天新聞上的天氣預報說是晴天，但海邊小鎮的天氣不穩定，經常和預報不同。

本想去鄰鎮買文具，可看到窗外灰濛濛的傾盆大雨讓我心情沉重，想說下禮拜再去吧。

即使是這種天氣，漣還是一大早就去社團活動，外公也因為鎮民會有事出門，所以只有我和外婆在家。

吃完稍晚的午餐後，我們兩人在起居室看軟性談話節目時，玄關的門鈴響了。我對準備起身的外婆說「我去開」。

一開始我很不會進行這種隨意的互動。就算想要幫什麼忙也說不出口，結果總是別人幫我做。

但是，現在我可以很自然地做到了。加油的話、努力的話，我也可以改變。

在我因此覺得有些自豪，嘩啦啦打開玄關大門的瞬間，我倒抽了一口氣。

粗眉毛、銳利的眼神，抿成一直線的嘴、毫無表情的臉、修長的背脊、深色的西裝、全黑的西式雨傘。

「欸……爸、爸爸……!?」

站在那裡的，毫無疑問是我的父親。爸爸看了看我後低聲說：

「好久不見了，真波。」

一如既往。語氣和態度都是非常壓迫性的，沉重得讓我窒息。若是過去的我，一定會草草打個招呼，就夾著尾巴逃走吧。

但是，我決定改變。

「……嗯，好久不見。」

我鼓起心底一角微微顫抖的勇氣，硬是開了口。爸爸揚起一邊眉毛點點頭。

「你外公他們在嗎？」

「啊，外公出去了，不過外婆在家，我去找她。」

就在我回答的瞬間，身後傳來外婆「哎呀」的聲音。

「啊，隆司先生……怎麼啦？」

爸爸對啪搭啪搭走到玄關來的外婆有禮到過頭的鞠了一躬。

「媽，好久不見了。請原諒我突然來訪。和往來公司有工作，所以臨時到這附近辦事，難得來這一趟就過來打擾了。真波承蒙您照顧了。」

「啊呀，原來如此。啊，請進請進。」

「那麼，我就不客氣了。」

這是我第一次看見爸爸和外婆說話。小時候到鳥浦來時，我是跟媽媽、真樹三個人一起，爸爸沒有來。他們兩人的對話是這種感覺啊，我嚇了一跳。即便是姻親也算是母子，卻像是陌生人一樣。雖然我也不能這麼說別人就是了。

「隆司先生，要喝點什麼嗎？」

「不，不用麻煩了。」

「喝麥茶好嗎？」

「啊啊，那麼，麻煩您了。」

外婆進了廚房，我跟爸爸說「這裡」，把爸爸帶去起居室。

我們沉默地面對面坐下。雖然想著要說點什麼比較好，但我什麼都想不出來。

過了一會，外婆端著托盤送進三個裝了麥茶的杯子。

外婆一邊把麥茶放到爸爸面前，一邊小聲地說。

「那個，洋子的情況……怎麼樣呢？」

洋子是媽媽的名字。我的心揪了一下，也看著爸爸。

「……沒有改變。」

爸爸面無表情地回答。我的緊張感一下子放鬆下來。

「這樣……也是，已經過了十年……。」

外婆雖然微笑著說，可表情非常難過。然後她說「我去切點羊羹吧」，站了起來回到廚房。

起居室再度陷入沉默。爸爸拿起杯子，喝了口麥茶後，緩緩開口。

「真波，妳有沒有好好去學校上課？」

「有去喔。」

我點頭回答。

……儘管我不期待他會回答『這樣啊，好棒，很努力』一類的話，但爸爸只是微微點了個頭的反應，還是讓我受到比想像中更大的打擊。

「真波，妳回家。爸爸幫妳找個學校轉學。」

「……蛤？」

突然聽見我想都沒想過的話，我不由得驚愕出聲。

「等一下……為什麼突然，這樣……。」

「如果他只能借住在這裡，那妳也只好搬走了吧。」

就在我驚訝到說不出話的時候，漣插嘴說「請稍等一下」。

「若是這樣的話那我搬走。他們是真波的外公外婆，因為我而讓真波搬家也太奇怪了？」

「你給我閉嘴，這是我家的問題。不是你搬家的事。就算要你搬走也很困擾。」

被人打斷似的這麼說，漣皺起眉頭，把話吞回去。

爸爸轉回來看我。

「放心吧，高中要多少有多少。一定有妳可以上的高中。可以拿證照找到工作的學校也很好，將來不用擔心找工作的事。」

爸爸無視我本人的意願，繼續自顧自地說下去。

「那個，等一下，爸爸。我不想轉學。我好不容易習慣了現在的高中，想要繼續努力。而且，並沒有像爸爸想像的這麼危險，對漣說這種話很不禮貌啊……。」

我對屏氣凝神在旁邊看著我們的漣抱歉得不得了。他是用什麼心情在聽這些的啊。

「就是有這樣讓人放鬆警惕的卑鄙男人。」

「就說了漣不是這種人！」

就算我說了難聽話，可漣還是幫了我很多次。明明有該感謝他的事，但該要防備他的事卻是一件都沒有。我想堵住爸爸的嘴。

爸爸不知道我的想法，無言地嘆了口氣。

「我並不是斷定漣同學就是這樣的人。不過還是小心點比較好。真波長期繭居在家所以不諳世事，而且還是個孩子，所以不懂。乖乖聽爸爸的話。要是發生了什麼，後悔也來不及了。」

我全身無力。

不行了。不管怎麼解釋，什麼都沒有改變。沒辦法改變爸爸的想法。

「……夠了！爸爸什麼都不懂!!」

回過神時，我已經尖銳的喊出聲。我是第一次對爸爸發出這麼大的聲音反抗他。

我推開驚訝地睜大眼睛的爸爸，從起居室飛奔而出，就這樣從玄關跑到外頭去。

雨毫不留情地打在我身上，我全身溼透。

腦袋一片空白。我拚命朝大海跑去。

心中湧起一股反正我就是不行的絕望感。因為我一直都是個沒用的女兒，所以不管怎麼表達自己的意見都沒人相信，就算我說想要做什麼，也會在做之前就被斷了那條路。不管我如何努力，爸爸都不懂，也不愛我。

雖然眼頭熱熱的，但自己也分不清打溼我臉頰的是雨還是淚。

我在因下雨而比平常更杳無人跡的城鎮上全力奔跑，到了從沒有去過的海岸邊。

我想也不想地邁開腳步，走到通往碼頭的堤防上，在前端坐下。

或許是天氣不好的關係，海象惡劣。大浪飛舞似地拍打在堤防上，化成白色飛沫散落在我腳下。

我彷彿事不關己的想，「要是一個不小心可能會被海浪捲走啊」之後，露出自嘲的笑容，無所謂了。

反正這樣的人生，就算活下去也知道結局。一定永遠都和現在一樣不會改變，自己仍然沒用，不愛我的父母親擊潰我的意見和希望，平淡地活著而已。

要是被海吞沒，也只是我的命而已。

反而若是我這麼做，爸爸會因此有罪惡感吧。媽媽也稍微……應該不會吧。

就在我呆呆看著被雨雲覆蓋的幽暗天空與灰濛濛的海平線時，突然，後面有人用力拉住我的手。

「喂，真波！」

是漣。我沒想到他竟然會追上來，我愕然地回望他。

「妳到底在幹嘛……很危險知不知道！」

漣生氣了。大概是被雨淋得溼透的關係，他的臉看起來有點發白。

「在這種天氣跑到浪這麼高的海邊，妳在想什麼？要是掉下去該怎麼辦？」

非常認真的眼神。我別開眼，一下子無力地笑了。

「無所謂，我就算死了也不會有人在乎……。」

就在我小聲這麼說的瞬間，被漣大罵。

「說什麼傻話!!」

是幾乎要切開空氣一般悲痛的大喊。

我是第一次聽到漣這種聲音。嚇了一跳挪回視線，眼前是怒火熊熊燃燒卻悲傷的眼睛。

「不要這麼簡單……簡單的說出死這個字!!」

憤怒至極。我從沒見過表情這麼恐怖的漣。

被這氣勢壓制而沉默了一會的我，用黯啞的聲音小聲地說「漣」。

「因為你不知道我是什麼心情……不知道我為什麼覺得死了也無所謂，所以才說得出這種話。因為……。」

像漣這種讀書、運動、人際關係樣樣都上手的人，是不會懂得我這種沒用人的心情。所以不會有類似這種事發生，能夠否定死這個字眼。因為對他而言，終究是不能理解死亡是一絲希望的人在想什麼。

「……反正漣從來沒有想死的念頭吧？」

「沒有——！」

像打斷我的話似的，漣立刻回答。果然如我所料，我想。

「不會有吧。不會想死吧？這麼、這麼沒禮貌的事……。」

漣用顫抖的聲音說，沒禮貌這個字眼讓我好奇。就彷彿是在說想死這件事對某人沒禮貌似的。

我不知道他為什麼會撿這個字眼說，直直回望著他。但是，他就這樣低著頭，一句話都沒有說。

我們兩個就在堤防上淋雨。我和漣都溼透了。這景象旁人見了應該會覺得很滑稽吧。

我用手心抹去太陽穴上的雨滴，一點一點開口。

「……我，想過很多次喔。沒辦法去學校的期間，每天都在想，死了也好、現在死了也不會有人在意，覺得要是死了會比較開心。我那時想，朋友爛透、家人也差勁透頂，這樣死了一定比較幸福。」

漣抬起眼。在他溼透緊貼瀏海後的眼睛，剛剛的激動情緒已經平息，現在宛如無波的海洋般平靜。

「漣你有了解你的家人，身邊總有朋友，過著幸福平穩又豐富的人生，你一定一輩子都不了解我的想法啊。」

而後他哼地一聲笑了。

「所以妳打算一輩子一臉只有自己最可憐、自己是世界上最不幸的表情嗎？」

尖銳的話語直刺我心。我沮喪地反駁。

「因為，這是沒辦法的事。我會是這種個性，都是爸媽害的。因為爸爸也好、媽媽也好，都對我毫不關心，所以我絕不可能開朗、愉快、幸福的成長。我無能為力啊。就算我想改變也改變不了……在我出生的那一刻起，就已經註定了……。」

說著說著，我眼底一陣揪緊的痛，聲音顫抖。忍不住流下淚來。

漣忽然伸出手，拉住我的手。

非常溫暖的手。熱意從接觸的部份傳過來，我忍不住發抖。

漣小聲地說「笨蛋」。

「妳真的是個笨蛋。就算的確是別人害的，可會因這種個性而吃虧的人還是妳自己。不管妳在心裡多埋怨父母，然後每天擺臉色，妳爸媽也不痛不癢。最後只有妳難過。既然如此，如果有時間責怪別人，還不如改變一下妳彆扭的性格比較好。」

這是真的。但並沒有這麼簡單。從小持續深植在心裡的自我否定感和自卑感，不是這麼輕易就能抹去的。

「漣你出生在珍惜你、需要你、愛你的雙親膝下，你不會懂……。」

我硬擠出話來，漣突然嘆了口氣。

「……那麼，告訴我。讓不了解妳想法的我也能懂，試著說說看為什麼妳會這麼想。」

漣拉著我的手讓我站起來，直直沿著堤防走，在附近倉庫的屋簷下落座。

我一邊聽著雨聲，一邊打從出生以來第一次坦白說出我一直隱藏在心中的想法。

◇

小時候的我，個性應該不像現在這麼彆扭。

雖然才剛開始懂事沒多久，所以記憶斷斷續續、模模糊糊，但當時的我很愛媽媽，也深信著媽媽是愛我的。

媽媽總是帶著溫柔的笑容，我也一天到晚都纏著媽媽。有很多事情想和媽媽說，不管在一起多久都覺得不夠。

真樹出生的時候我四歲，我記得我像是玩照顧洋娃娃遊戲似的照顧初生的小弟。

爸爸從那時候開始因為工作忙碌，回家也很晚，所以沒辦法陪我玩，可我依稀記得他偶爾會在假日帶我去公園玩。我那時也很喜歡爸爸。要是他比平常早回家、說他今天整天休假的話，我會覺得能和爸爸共度時光很開心。

就這樣，我度過了相信家人有愛、滿足不已的童年。但是，這樣安穩不變的日子，忽然宣告結束。

在我六歲時的某一天，我和媽媽、真樹三個人一起去附近的超市。我騎著剛學會的自行車，一下子和牽著小小真樹的媽媽並排、一下子超車，沿著平時的路線走。

途中有個車流量大的十字路口，媽媽常提醒我，因為很危險，要左右確認後才能穿越行穿道，所以我那天也是先看右、看左、看右後才騎出去。但騎到一半時突然有車子的引擎聲逼近，嚇一跳的我本能地的回頭。眼前是絲毫沒有減速轉彎的車子，以及看見車子嚇一大跳、用力拉回真樹的媽媽。我立刻丟下自行車朝他們倆奔去。

然而，在我意識到時，已經飛到半空中了。我就這樣被衝過來的車子撞飛。

在慢動作流逝的景象中，我的眼睛，清楚捕捉到媽媽為了保護真樹而緊緊、緊緊抱著他的身影。

媽媽，我喊出聲。朝著只緊緊抱著真樹的背影。可是，媽媽沒有回頭。

下一個瞬間，我感受到全身受到猛烈撞擊，記憶到此戛然而止。

我再次醒來時，已經躺在醫院床上。爸爸在我旁邊，抱著哭累睡著的真樹。距離事故發生已經過了三天。

『……媽媽呢？』

我啞著聲音問，爸爸只是沉默地搖頭。

醫生和警察來了，問了我許多問題，也告訴我一些訊息。這個男駕駛一邊看手機一邊開車，沒注意到有行人就在十字路口左轉，撞到正在過馬路的我們一家人。我雖然被車子撞飛摔落，但幸好穿著騎自行車用的安全帽和護具，沒有受太大的傷，應該一個禮拜就能出院了。被媽媽保護的真樹也只是腳上有擦傷而已。不過，因為媽媽是在毫無防備的情況下被車子撞到，所以頭部遭到重擊，受了重傷，失去意識。

『妳媽媽現在因為受重傷在睡覺，不知道什麼時候才會醒來』，醫生用沉重的表情告訴我。

聽來的事故經過和媽媽的情況，對當時年紀尚幼的我而言還太難理解，所以不是很懂，但即使是孩子，也知道發生了很嚴重的事。

然後我的痛苦開始了。當我因受傷發高燒做惡夢時，媽媽只珍而重之地抱著真樹，沒有轉頭看我的背影，無數次出現在我的夢裡。

在滾燙的惡夢中，我體悟到了。媽媽最重視的，是真樹。說不定對我毫不在意，說不定不愛我，說不定因此才不保護我的念頭，開始主導我的腦海。

我的心漸漸塗滿黑色的絕望。

我不到十天就出院了，可這期間媽媽都沒有恢復意識，就這樣昏迷不醒，沉睡將近十年至今。

出院後，開始了媽媽不在家的生活。但是爸爸一如往常從早到晚忙於工作，沒有時間照顧我們。因此，我們本來離開爸爸老家住在外面，變成回到主屋，由爸爸的雙親照顧。

爸爸的老家是一個歷史悠久、代代傳承至今的家族大房，祖父母和爸爸一樣都是不多話又嚴格的人，所以我們在生活習慣、用餐禮儀方面都被嚴格要求。對以前幾乎都跟媽媽一起生活，就算偶爾挨罵，媽媽也會開朗溫柔地疼愛我們的我和真樹而言，是很大的心理負擔。

即使如此，幼小的真樹還是用天生的友善和純真縮短了與祖父母間的距離，而我光是壓抑我的叛逆就用盡全力。突然開始的新生活，對我而言一點都不有趣。

被媽媽或許不愛我的疑心所折磨，隨著年齡漸長，我更清楚瞭解周遭的事物，也愈發深刻感受到自己的無足輕重。

每年的盂蘭盆節或新年，我聽過很多次到祖父母家聚會的親戚們說『幸好真樹得救了』、『大房先生了女兒我一直很擔心』、『真樹是期待已久的繼承人，就算沒了媽媽，大家也得好好養育他』這種話。

這麼說起來，祖父母也好，爸爸也好，似乎都只注意真樹，只重視真樹。要是真樹考試拿了好成績會被大加稱讚，但換成了我就興趣缺缺。以前活得愜意所以沒注意，我深切體會，對任何人而言，我都是多餘的孩子。

但是，那時候的我還很天真，覺得『這樣的話，我就努力讓人覺得我重要、努力讓人重視我』。所以不管是學校課業或是幫忙家事，沒有人說我也會積極去做。差不多是那個時候，我說我來準備晚飯。

祖父母或親戚怎麼看我我都可以忍耐，不過我希望至少爸爸能稱讚我是好孩子、是他自豪的女兒。希望爸爸喜歡我。

即使如此，我也從未得到爸爸的讚美或認可。他反而會在我寫作業或複習到半夜時，面無表情地對我說『妳是女孩子，馬上就要走入家庭。不用這麼努力讀書，早點睡吧』。對我毫不關心、沒有一絲期待的話，讓我躲在棉被裡哭了。

祖父母知道我的成績之後，也只是虛應了兩句，反而指責我『女孩子的禮貌和魅力比讀書更重要，妳要多笑一笑』。

我領悟到努力也是沒用的，全身無力。

即使如此，我升上中學後，就像是一種習慣一樣，繼續做個「優等生」。學業和社團活動都很努力。把祖父母提醒我的放在心上，注意「要一直面帶笑容」。小心翼翼地不說會傷害他人的話。即使是大家不想做的工作也率先舉手。就這樣在不知為何而努力的情況下，繼續扮演大家期待的角色。

就算得不到讚美，就算不覺得自豪，希望他們至少不要覺得我是個丟臉的女兒。感受到班上同學的信任，也讓我安心。

有一天，發生了一件讓我宛如繃緊的弦一下子被切斷的事。我無意間聽到從小學以來最好的朋友在背後說『真波就裝乖啊，噁心』。

聽到的那瞬間，比起悲傷，先湧起的是憤怒。總之我非常生氣。她明明總是笑著抱住我說『最喜歡真波了』，那全是騙我的嗎？

我沒辦法原諒她，也沒辦法裝做沒聽見，於是把她叫出來說話。

『如果有想說的話，為什麼不當面說呢？背後說人壞話很差勁』。

我是第一次毫不掩飾地把心裡想的話直接說出口。不過，因為語氣嚴厲到連我自己都嚇到，這才意識到，不演了的我是好強的討厭鬼。

發現自己說的壞話被我聽到，她露出相當尷尬的表情後說：

『……但是，是妳的問題啊。』

我們之前感情應該都很好，我不記得做了什麼傷害她或惹怒她的事情，所以問『什麼意思？』。她皺著眉回瞪我一眼，就這樣什麼都沒說的走了。我把這舉動理解為是她憤怒的摺話，就算心情很差，還是盡可能壓抑怒火回了家。

第二天，她的反擊，開始了。

一個毫無根據的謠言在班上女生之間開始流傳，說我單戀一個班上的男生，對他糾纏不清。那個男生成績、運動都好，個性開朗友善，在班上很受歡迎，所以我被所有女生疏遠無視。她們明明把我當成空氣，但一整天在教室裡到處都有人時不時看我，然後在ＳＮＳ上公然說我的壞話。

我後來才知道，她好像喜歡那個男生，所以碰巧跟那個男生有比較多說話機會的我，就招來了她的嫉妒與憎惡。

我跟那個男生只是負責同一項工作，座位也離得近，所以比別人常說話而已，彼此之間沒有什麼特殊的感情。說起來當時我滿腦子都是家裡的事情，對戀愛沒有興趣，可在她眼裡卻像是我為了接近他在阿諛奉承。

我沒有想到，這個誤會會導致我們多年來建構的信任關係一夕崩毀。這瞬間我深切感受到女孩子的友誼和戀愛扯上關係不是好事。所以，我在高中裡才會抗拒和受到女生喜歡的漣有所牽扯，擔心其他女孩會不會再次因此疏遠我。

她毫不留情的攻擊是巧妙策劃的，絕不會讓班上的男生和老師發現。班上的女孩都牽扯進來，每天反覆出現的背地排擠和小話。沒有人站在我這邊。

知道一直跟我感情很好的她，在開朗笑容的背後其實隱藏了這麼大的恨意後，我陷入一種腳底下地面碎裂崩壞的感覺。

說不定爸爸、真樹和祖父母也在背地裡說我的壞話。雖然不會在我面前說，但說不定覺得我是個麻煩。我滿心都是這些念頭。

從那之後，我再也無法相信世界上的任何人了。一想到天真無邪的言語或笑容背後，任何人都可能隱藏著對我的不滿，我就連和對方說話都害怕。

在孤立無援的情況下，我還是盡可能繼續去上學，可就在某一天的病假後，我不行了。早上起來到了要出門的時間，我因嚴重的腹痛而無法動彈。

爸爸一臉嚴肅地問持續因身體不適而缺席的我『為什麼不去學校』。我想，要是爸爸知道我被知心好友背叛，被全班女生無視，一定會失望、會更加覺得我是「多餘的孩子」吧。

『因為我是真的身體不舒服』。

我回答後被帶去醫院，理所當然地被診斷『沒有任何問題』。爸爸明顯地生氣了。

『是蹺課嗎？為什麼？』。

我當然說不出真正的原因，不管問幾次都回答不出來的我，讓爸爸更生氣。一個月後，爸爸用非常嚴厲的語氣責備我。

『是想一直要賴下去嗎？』。

雖然知道被說要賴也是沒辦法的事，但這種冷言冷語還是讓我心痛。

『會對真樹產生負面影響的』。

果然對爸爸而言，重要的只有真樹，所以他並不是擔心我拒學，而是覺得要是連真樹都開始請假的話會很麻煩而已。

我因看清自己不被在乎而失望不已。

真樹不帶惡意地對我說了很多次『姊，妳不去學校嗎？上學很有趣喔』，但這種純真對當時的我而言是很難熬的。而且還有對爸爸那些話的不滿，所以我用非常冷漠的態度回應。

已經變得完全不知道過去為何努力的我，對一切都失去動力，就這樣持續不去上學。幾個月後，爸爸大概也放棄了吧，什麼都沒有說。

即使考上了鳥浦的高中，光是想到從春天開始就得再次去學校我就睡不著。只想著一定會再發生同樣的事。

然後，在春假期間，我預備搬家的前一天，我刻意踩空樓梯，從最高的一階摔了下去。腳踝劇烈疼痛。

被送到醫院，醫生診斷我是嚴重扭傷，完全康復要一個月。因受傷而能晚一個月上學，讓我打從心裡鬆了口氣。

但是一個月很快就過去了，傷勢痊癒再也無法逃避，最後我照爸爸所說的搬到鳥浦。

而後再見到外祖父母，遇見了幽先生與漣。

◇

漣默默地聽著我冗長又毫無重點的話。

風雨趨緩，聽得見海浪的聲音。雖然皮膚溼答答的很不舒服，不過因為氣溫很高，所以不覺得冷。

就在我想著不想因為我害漣感冒時，他一邊看著海一邊開口說「我……」。

「我對妳爸媽，還有祖父母一點都不了解，可是……。」

他停了會，繼續說下去。

「就如妳所說，妳的爸媽真的是很差勁的父母，真的一點都不在乎妳……。」

漣轉過頭，直視我的眼睛。

「這，已經是沒辦法改變的事了。這麼差勁的父母就是你爸媽，無能為力。」

我雙眼圓睜，沒想到他會這麼說。我本以為他會回我一些普通的場面話的。

漣突然緊緊握住我的手。

「別讓這樣的爸媽毀了妳的人生。如果為了差勁的父母輕視自己，覺得『我就爛』的話，不就永遠擺脫不了父母的魔咒了嗎？」

漣的手心熱得像要把我燙傷。我深呼吸一口氣，回望他。

「比起因別人的諷刺而死，最好的反擊是照顧好自己。只要妳過得幸福，就是對命運最大的反擊。」

「過得幸福是，反擊……？」

對，漣點點頭。明確地、毫不猶豫地、充滿自信的眼神。

「妳的人生是妳自己的，不要被父母左右妳的人生。不要被破壞、不要被擊垮、不要被奪走。如果妳過去的人生因為父母而一團糟，那麼接下來的人生，就做妳想做的事做到高興，過妳喜歡的生活。」

——這是多麼有力的話啊，我想。我都不知道有這種思考方式。

因為，在孩子的世界裡，父母就是一切。要是父母否定孩子，孩子也只能否定自己。被不愛自己的父母生出來註定不幸。沒有辦法逃離父母，沒有辦法逃離命運。我一直這麼想。

但，這是錯的嗎？即使不被父母所愛，我也可以過得幸福嗎？我支離破碎的人生，能夠修復嗎？

我不知道。我不確定。但是，看見漣坦率的眼，我不可思議地覺得或許可以。

因為他不說謊。表裡如一，總是直率以對，不會說些敷衍搪塞的安慰話。

他現在說的，必定是他真心相信的。或許因此才會讓我這麼有共鳴吧。

「……嗯。謝謝……。」

儘管有很多想說的話，但我湧起的滿心想法被冒出的淚水干擾，只能說出這些。

漣也沒有多說，就只是握著我的手。用力、用力到幾乎疼痛。

第九章　為闇吞噬

暑假到了。

因為沒有社團活動，也沒有補習課程，除了圖書委員值班的日子之外，我每天都會去Nagisa。我是拿暑假很漫長，有大把時間的孩子們會過來玩，所以來幫可能會很忙的幽先生當藉口。

老實說，幽先生拒絕我後，我的確有一陣子看到他就難過。但我覺得給我改變自己契機的Nagisa更重要，我想儘可能為了幽先生和這家店做點什麼的想法更強烈。

再加上，幽先生一天無數次看著那枚他偷偷告訴過我充滿著對凪沙小姐回憶的櫻貝，看見那張側臉，我更是深切體悟到他們兩人之間沒有我介入的空間，我的心情也漸漸就妥協了，現在只覺得他就像我身邊一個對我很好的哥哥而已。

我一邊看著滿場忙碌的幽先生背影一邊想這些時，手機忽然響了。一看，是爸爸傳了【妳什麼時候回來？】這樣一如往常冷漠的短短電子郵件。

那個雨天，我和漣一起回到家時，爸爸已經離開了。讓原本下了決心至少挖苦爸爸一句的我意外失望。

那麼不認同我和漣同住在一個屋簷下的爸爸怎麼會這麼這麼輕易就退讓了，讓我覺得不可思議，外婆告訴我，是我和漣跑出家門後剛好回來的外公說服了爸爸。

外公似乎保證漣是他熟知身家背景的老友之子，過去一直住在一起，確定他不是會傷害別人的人，了解爸爸即使如此還是不安的心情，自己會負起責任好好注意，希望爸爸相信並且交給他。好想看平常寡言的外公和爸爸對峙的樣子喔。

是說，第二天一早，爸爸傳了訊息過來：

【我想和妳好好討論妳將來升學就業的問題，妳暑假回家一趟】

他好像還是不能接受。我只回了【看我心情吧】。就如漣所說，我不想再被父母的話語或意見束縛。爸媽說的話並非絕對，不能接受的話可以反駁。我現在覺得如果還是無法認同彼此，自己的人生是自己的，切割開來也無所謂。

我今天也簡短的回了【還不知道】，就在我和坐在吧台畫畫的小學女生閒聊的時候，龍先生和真梨小姐來了。

「午安……啊！」

我注意到她手臂抱著一個小小的嬰兒，我不由得喊出聲。

「哇啊……寶寶出生啦。」

「嗯，今天滿月，第一次出門決定來Nagisa。」

輕撫裹在包巾裡熟睡嬰兒臉頰的真梨小姐，以及在旁邊看著的龍先生，他們臉上散發著炫目的光芒。

「啊，龍、真梨，歡迎光臨。」

幽先生從廚房出來。然後發現了嬰兒，「哇啊！」的喊出聲。

「你們帶寶寶來啦！你好——初次見面！」

幽先生一臉開心地看著嬰兒，和寶寶說話，龍先生輕輕戳了戳他的肩膀。

「優海，寶寶要醒嘍——。」

「啊，抱歉！哎呀但是我太高興了，沒辦法壓低音量啊……！」

幽先生捂住自己的嘴，但還是忍不住興奮地笑了。

「對啦，龍也終於當爸爸了！得加油啊！」

幽先生一邊小聲地說話，一邊啪地一下拍拍龍先生的背。龍先生雖然一邊說「吵死了，好痛」，卻也笑著說「我會努力的」。

「咖啡和玉子燒可以嗎？」

幽先生一邊往廚房走一邊問他們兩人。

「啊，但是那個，真梨不能碰咖啡因吧。要補充營養，弄杯香蕉果汁？」

「啊，嗯，謝謝。那請給我一杯香蕉果汁。」

「好喔——你們在那邊稍坐休息一下喔。」

我不由得看著坐在餐桌位的真梨小姐手臂。

「我可不可以看看寶寶……？」

「嗯，請看。」

「哇啊，好小——。」

眼睛、鼻子、嘴、緊緊握在臉旁邊的手，都彷彿是手做似的小。真樹出生的時候，也是這麼小嗎。雖然我已經幾乎不記得了，但可能因為當時我自己也很小，所以不覺得他這麼小。

「是啊。我也嚇一跳，初生的嬰兒這——麼小。明明這麼小一點，還努力地活著，覺得好不可思議喔。」

真梨小姐用手指輕輕戳著嬰兒的小手一邊說。

「看見這孩子的睡臉，就覺得光是能平安出生就很感謝了。不會讀書、不擅運動、沒有做什麼了不起的工作都沒關係。總之不要受重傷、生病，平安無事地活著，光是這樣就很開心了。」

她囁嚅似地說話，眼裡帶著一點淚光。

「嗯，我也真心這麼想。」

她身邊的龍先生也點頭。

「希望不要忘記這個心情啊。」

聽了他的話，真梨小姐一邊溫柔微笑，一邊回答「對啊」。

「午安。」

聽到聲音我回過頭，打開門走進來的，是穿著制服的漣。他背著大大的運動背包，好像是社團活動結束直接過來的。

「哇，寶寶！」

他發現真梨小姐他們身影的同時跑了過來。

「寶寶出生了呀，好厲害——。」

他用一點都不遜於幽先生的閃亮眼神說話，我慌忙拍拍漣的肩膀，伸出食指比「噓——」小聲地說。

「漣，你太大聲了。會吵醒寶寶，降低音量啊。」

「啊，對喔！」

他點點頭，稍微別過頭去。

「怎麼，你們倆變好朋友啦？」

龍先生開口詢問。而後真梨小姐也笑著說「我也這麼覺得」。

「感覺真波和漣之前有點尷尬，但現在有種距離縮短很多的感覺。」

「是啊，果然是。哎呀——年輕真好。」

「這就是青春。」

「我們也有過這種時候呢。」

沒辦法加入兩人晾著我們熱烈聊起來的對話，我嘴開闔了幾下。不知道為什麼一下子臉頰發燙，我慌忙低下頭。

「怎麼，害羞？」

漣覺得好笑地看著我。

「妳也有可愛的一面嘛。」

「蛤、蛤!?這什麼鬼，而且我才沒有害羞！」

我不知道自己為什麼用破音急急否定。明明漣之前也應該跟我說過類似的話，為什麼這次心跳得這麼快啊。不管我的焦躁，他像剛剛的我一樣用食指抵著嘴唇說。

「太大聲嘍——要是寶寶醒了怎麼辦。」

聽到他這麼說我只能保持安靜，或許是把話吞回去害的，我覺得我的臉頰更燙了。我就這樣低著頭，大動作地站起來。

「……對了，那個啊，好熱喔。我開個窗吧。」

我沒有特別對誰說，打開另外一頭的窗戶。要是這表情被漣看見的話，一定會被笑的。

我盡量不發出聲音地打開窗戶，窗戶一開，就聽見從遠處乘著風傳來微弱的太鼓聲。

真梨小姐似乎也聽到了，小聲地說「啊，太鼓」。

「說起來，馬上就到龍神祭了。差不多要開始練習了吧。」

這陌生的單字讓我停下動作回過頭。而後漣走了過來，一邊往窗外看，一邊告訴我「是八月上旬在鳥浦的祭典」。

「說是祭祀住在鳥浦大海神明的祭典。大家晚上拿著燈籠在鎮上繞行後，走到海岸，燃燒燈籠。據說這樣願望會實現。」

解釋完後，他笑著說：

「不過，我也還沒看過，畢竟沒在這住多久。」

看著他的臉，我忽然想起一件在意的事情，開口詢問。

「漣你之前住在哪裡？」

「N市。」

這個回答讓我睜大眼睛。

「欸，真的嗎？和我同一個地方？」

「真的。」

「欸欸——這樣啊，我都不知道……。」

也就是說，漣特意從N市搬到一個熟人都沒有的鳥浦。

既不是雙親調職，也沒有像我這樣拒學的問題，而且沒有可以住的親戚家，那是為了什麼？

「漣你為什麼要一個人搬來鳥浦呢？」

我不由得開口問，他抿了抿唇，緩緩開口。

「……有位，想見的人……。」

第一次聽說。有想見的人，所以特意搬到鳥浦來。他想見到這個程度的，是怎麼樣的人呢？

「……那人，是誰呢？」

「恩人。」

漣簡短的回答。

「那麼，你是為了要報答那個人的恩情，所以特意寄住在這裡嗎？

「算是吧。因為不知道對方人在哪，總之就拜託我爸先讓我住到這附近，就找到真波妳外公這邊來了。說我因為某種原因無論如何都想住在鳥浦談談看，幸虧妳外公很乾脆地答應了。」

「這樣啊……那麼，你見到那個人了嗎？」

我隨口一問，他露出非常僵硬的表情。

「……我很害怕所以沒找。不過，我覺得住在這裡就是贖罪。」

害怕？贖罪？這和恩人這個字眼相去甚遠的單字，讓我皺起眉頭。

不過，一見他表情僵硬的側臉，我莫名說不出話，無法反問。

「……我出去一下。」

漣忽然這麼說，走出店外。我呆呆地目送著他看起來比平常還小的背影。

就在我考量著是不是要追上去跟他說話比較好，但他也可能想要一個人待著的時候，不過過了幾分鐘，伴隨著慌張的腳步聲，漣回到店裡。

「來人啊！有小孩溺水了！」

慘叫似的聲音，讓店裡所有人嚇一跳，都站了起來。

「我不會游泳！我小時候溺過水，所以恐水不敢游，沒辦法救他！誰來救救他，有沒有誰……！」

漣用快要哭出來的聲音大喊。

客人們不安地面面相覷，一邊看窗外一邊拿起手機。

幽先生從廚房跑了出來，手上拿著繫了繩子的游泳圈、幾條毛巾和印了白色ＡＥＤ字樣的紅色箱子。

「在哪!?」

幽先生問漣。

「在海水浴場……！」

聽到回答後他用力點頭：

「真梨，打１１９！龍，跟我來！還有其他能跑的一起！」

幽先生一邊明快地做出指示，一邊以極快的速度飛奔出店門。我和漣，還有龍先生也慌忙跟上。

我們跑出去時，幽先生已經跑得很遠了。這速度快到我懷疑自己的眼睛。他飛奔出店門時，也一個多餘的動作都沒有。

我們身旁的龍先生為了讓一臉不安的漣放心，開口說。

「沒事的，一定沒事。」

「優海為了這種時候做了很多準備。而且他從小跑得就比任何人都快，一定趕得上的。」

漣臉色發白，連連點頭。

我們抵達海水浴場時，幽先生已經把孩子放到泳圈上，正在往岸邊游。一群應該是玩在一起的孩子一臉快哭出來的樣子，聚集在沙灘的海浪邊線上。

龍先生走入水深及腰的海中，拉過泳圈，漣隨後抱起小孩。然後跑到沙灘上讓孩子橫躺下來。幽先生從海裡上岸後也追了過來，跪在孩子身邊。

溺水的男孩看起來失去意識，幽先生拍他的背、在他耳邊說話，他都沒反應。全身蒼白得可怕，我背脊發涼。

幽先生抓住孩子下巴，讓他面朝上，然後耳朵湊到孩子嘴邊確認他的呼吸。他立刻開始體外心臟按摩，一邊用全身力氣用力壓孩子的胸口，一邊迅速確實地跟我們說話。

「龍，打開ＡＥＤ蓋子。真波，脫掉小孩衣服用毛巾擦他上半身。漣，你到上面去，要是救護車到了告訴他們位置。」

「我知道了……！」

漣全力跑走。

接著幽先生開始做人工呼吸。我同時解開男孩襯衫的扭扣，拿起幽先生帶來的毛巾，仔細把他胸口的水擦乾。

AED啟動，說了些話。龍先生照著指示開始準備。

「把貼片貼在這裡和那裡。」

幽先生一邊繼續做心臟按摩一邊迅速告知位置。

「我知道了，這裡可以嗎？」

「嗯，沒問題。」

就在準備貼上貼片時，小男孩的身體抽筋似的發抖，一邊咳嗽一邊吐出了水。劇烈地狂咳了一會。

幽先生這次讓孩子側躺，撫摸他的背。

「你沒事吧？很不舒服對不對？救護車馬上就來了。」

咳了一會把水吐出來之後，男孩無力地躺在地上。我本來很擔心他會不會怎麼樣，但看見他肩頭因大口呼吸而顫動的樣子，我放下心來。

不多久警報聲音接近，救護車抵達現場，拿著擔架的救護隊員在漣的引領下跑了過來。

見男孩的臉色稍微好了一點，也能進行一點對答，我一下子鬆了口氣。

「太好了……。」

漣蹲了下來，用沙啞的聲音低聲說。我也坐在他旁邊，說「太好了」。漣的肩膀在顫抖。

幽先生陪著男孩上了救護車後，我們回到Nagisa。

「沒事吧？」

真梨小姐好像一直站在大門口前等待，一臉擔心地問。龍先生點頭回應，她緊抱著懷中的嬰兒，湊上臉頰。或許是在想這要是自己的孩子該怎麼辦。

「幽先生好厲害喔。怎麼說，好像已經很習慣了……。」

稍微平靜一點後，我坐在店裡的椅子上，不由得低語，龍先生和真梨小姐互看了一眼。

「其實……以前，三島同學的戀人，是在海裡溺死的。」

「咦……？」

我和漣同時倒抽一口氣。

真梨小姐的臉上浮現出悲傷的笑容。

「和這家店同名……叫凪沙的女孩。她是三島同學的青梅竹馬，也是我的手帕交。三島同學啊，孩提時因為一次事故失去了家人，但那時凪沙一直支持著他，因此三島同學恢復精神。升上中學，他們兩人就很自然的開始交往。」

我的心臟砰砰狂跳，和之前從幽先生那裡聽到的內容，逐漸連結起來。

「但是，凪沙高中時在海裡溺死了……。」

真梨小姐的聲音沙啞且輕，龍先生抱著她的肩膀。兩個人都哭了。

「我們在高中也同班。雖然在一起的時間很短暫，但她是我很重要的朋友。」

龍先生代替嗚咽哭泣的真梨小姐繼續說。

「優海和日下同學感情真的很好，兩個人總像是一體似的，真的老是在一起。日下同學過世時，優海就像具空殼。在我們面前雖然裝得很開朗，但看就知道他還走不出來。可是，過了幾個月後，他突然說『為了像凪沙一樣救助別人，我要學水上救生』，開始去參加研習、取得證照。從那之後，他為了在緊要關頭能立刻行動，一直準備好一切。」

龍先生一邊輕撫著真梨小姐的背，一邊小聲地說「真了不起」。

「多虧這一點，今天才能救起那個孩子。真的是非常了不起的人。優海是，日下同學也是……。」

我說不出話。只不停的掉淚。

我一邊用手背擦臉，一邊看向隔壁。我想漣也一定和我有同樣的表情。

「咦……？」

漣正張大著乾澀的眼睛，一臉驚愕。

「高中生……凪……沙……？」

宛如在空中般低語的他，臉色蒼白得可怕。我嚇得開口。

「漣，你怎麼了？還好嗎？」

但他用幾乎低不可聞的聲音，呻吟地說「沒什麼」。

怎麼看都相當反常。我心裡湧起一鼓說不出來的不安。
但是，這時候的我就像忘了話語似的，什麼都說不出口。

◇

我確定漣狀況不對，是在第二天早上。
他總是起得比我早，在我梳洗完畢去起居室時，他總是已經在幫忙準備早餐了，不知道為什麼一直沒有醒。
「漣是怎麼回事，難得睡過頭呢。」
外婆一邊把菜擺盤一邊歪頭好奇。昨天從Nagisa回來後，他的樣子和平常不同。出奇地沉默，沒什麼精神。
因為是救了溺水男孩之後的事，我想他大概是累了，所以我也沒跟他多說，但現在想想，不管再怎麼累，他一句話都沒跟外公他們說就上樓回房的模樣很奇怪，和他平常的樣子完全不同。
我跟外婆說「我去看看狀況」，爬上二樓。
「漣，你起床了沒？」
我站在他房門前開口。因為沒有回應，就稍微用力敲了敲門。而後從房間裡傳出呻吟般的聲音，不多久推門開了。房裡窗簾拉上，光線昏暗。

「……抱歉。」

漣出現了，低著頭小聲咕噥。想著他到底在道什麼歉呢，結果看清他的模樣後，我倒抽一口氣。

「等等……你怎麼沒換衣服!?」

漣還穿著昨天在海邊把男孩抱起來時溼透的制服。雖然已經過了大半天應該已經乾了，但大概是穿著溼衣服睡，衣服皺巴巴的。完全想像不到是平常會自己用熨斗熨好衣服、整整齊齊的他會做的事。

「……昨天回來之後，你一直這個樣子嗎？」

聽到我的問題，漣低頭看了看自己的身體，像是現在才發現似地說「啊啊」。

「漣……。」

我不知道該說什麼才好。這並不是個可以隨口問到底怎麼了的氛圍。

「我換衣服。」

他宛如說單字似地僵硬開口，慢慢關上拉門。

「外婆……漣他，好像有點奇怪。」

我一下到一樓立刻就跟外婆說。

「奇怪？啊呀，是不是感冒了。」

「嗯……不知道怎麼樣……。」

但看起來他並不是單純的身體不適。不過如果說出來，或許會引起外婆不必要的擔心。

「我用一下廚房喔。」

聽我這麼說，外婆開心地說「啊啦」。

「是要給漣做點什麼嗎？」

「……啊，嗯。」

聽到外婆這麼說，我一下子覺得不好意思起來。

「啊呀，真好，真好。妳喜歡用什麼食材就用什麼。」

「謝謝。」

我迅速走進廚房，用已經煮好的飯，加上切碎的香菇和大量的薑、蔥，做了雞蛋雜炊粥。

我把粥放在托盤上，附上湯匙，本想端到起居室，但二樓什麼聲音都沒有，我就這樣上了樓。

「漣，我端早餐來了。」

還是沒有回應。我說「我進去嘍」，推開拉門。

漣穿著T恤和短褲躺在被褥上。剛剛穿著的制服隨意脫下丟在一旁。他明明都會把衣服好好放在洗衣籃裡的。

「……吃得下嗎？」

我把托盤放在他枕頭邊，他慢慢起身，看見那一小鍋雜炊粥，他小聲地說了「謝謝」。

「不用勉強喔。」

他輕輕點頭，盤坐在被褥上拿起湯匙。這動作也很不像總是規規矩矩的漣。

「……這是，妳做的？」

「啊，嗯。希望合你的口味。」

他吃了一口，淺淺的笑了。

「果然是，和奶奶做的味道很像。真好吃。」

他淡淡的笑容和輕淺的話語讓我非常開心。要是能讓他稍微有點精神，做這個就值得了。

不過，就在他慢慢吃了三分之一時，忽然用手掩嘴。然後迅速起身，跑出房間，衝進隔壁的廁所。

我嚇了一跳追上去，聽見廁所裡傳來嘔吐的聲音。

「漣，你沒事吧!?」

過了一會，漣一邊擦嘴一邊走出來。

「……抱歉。」

他帶著一臉歉意道歉，大概是擔心他把我做的粥吐出來，我回覆「不要在意」。

漣虛弱地點頭，踉踉蹌蹌地回房間。

「果然是身體不舒服。現在不要強迫吃東西比較好。要不要我端點飲料過來？」

「沒關係，我有水……。」

他沙啞地回應，然後筋疲力盡地倒在被褥上。

我端著托盤出了房間，走下樓梯。到廚房倒了一杯漣平常帶去社團活動喝的運動飲料，回到二樓。

但是，即使我跟他說話，他也已經對我說的沒有回應，我便輕輕把飲料放在他枕頭邊，輕輕合上拉門。

自從那一天後，漣就沒有出過家門。原本那麼認真努力參加的社團活動一直休息沒去，也沒去Nagisa。

不僅如此，他幾乎沒吃東西，除了最基本上廁所、洗澡這類的事情以外，就一直待在自己房間裡。不會主動說話，即使我問他什麼，他也只有輕輕點頭或搖頭，沒有正常的對話。

外公和外婆也注意到漣的異常，一直很擔心。坐立不安的外婆問漣「要不要聯絡你老家」。但他聽到老家的時候臉色立刻就變了，只有那時候明確地回答「請不要聯絡」。

雖然我很擔心像是換了個人般消沉的漣，可我不知道他為什麼會變成這樣，也不知道該怎麼做才好。

我以前一直只考慮到自己，不知道鼓勵、安慰、善待別人的方法。只會留意他的狀況，即使沒有回應也跟他說話，準備餐點這些自己做得到的事。

因為擔心漣的狀況，我也沒心情去Nagisa，第三天早上我打電話給幽先生。

『謝謝您的來電，這裡是Nagisa。』

從話筒中聽到一如往常開朗聲音的那瞬間，我充滿安心的感覺。最近家裡一直處在一種異常的狀態，所以光是聽到一如往常的聲音就讓我鬆了口大氣。

「幽先生，早安，我是真波。」

『啊，真波？怎麼了，妳難得打電話來呢。』
「事出突然很抱歉……那個，我暫時沒辦法去店裡幫忙了。」
我感覺到電話另一頭的幽先生在聽了我的話之後帶著好奇。
「抱歉，明明是我主動說要幫忙的。」
『不，完全沒問題喔……不過，發生了什麼事？』
幽先生壓低了聲音問。他果然注意到和平常的狀況不一樣啊，我想。儘管他看起來像個孩子般天真爛漫，但其實時刻注意周圍的狀況，也能敏銳感知對方的心情，應該是很難矇騙過去。
我吞下想否認說不的話，開口說「那個」。
「……其實，是漣有點……。」
『欸，漣？漣怎麼了？』
「那個，該說是身體不適呢，還是不太舒服……。」
說得太清楚可能會引起不必要的擔心，所以我含糊其詞。
「所以，我暫時想盡可能待在家裡。」
『原來如此，辛苦了……大概是突然一下子熱起來了吧。我覺得待在他身邊比較好。店裡一切都沒問題，妳在漣好轉之前就陪陪他吧。』
「謝謝……那之後再聯絡喔。」
掛上電話約莫三十分鐘後，門鈴突然響起。
我一邊想著是誰來了一邊走出來一看，嚇了一跳，幽先生站在玄關前。

「欸？幽先生!?」
「午安，不好意思突然打擾。」
他一邊笑著一邊微微歪頭說。
「怎……怎麼了？」
「嗯，我有想交給妳的東西。」
他從紙袋裡拿出一個保鮮盒遞給我。我呆呆地接過來，從蓋子往裡看，裝著黃色的東西。
「莫非是，玉子燒？」
「嗯。我想著漣身體不舒服的時候可以為他做點什麼。能不能幫我轉告他，要是吃得下就吃一點呢？」
「哇啊，謝謝……。」
之後我對幽先生說「請稍等」，然後慌忙拿著保鮮盒跑到二樓。
「漣，我進去嘍。」
知道我敲門他也不會有回應，所以我打了個招呼就開了門。
他懶懶坐在被褥上，看著窗外的海。
「你有沒有好一點？」
他沒有回答，慢慢轉過來看向我。像是開了個大洞般的眼睛。
我第一次見到漣時，覺得他的眼神怎麼這麼堅強啊。非常堅強、直率，對我而言太耀眼了，我無法直視。

但是，現在他的眼神卻是這麼幽暗而空洞。

這不是漣，我胸口一痛。

「吶，漣……可以的話，要不要下樓一下？」

「……為什麼？」

漣斷斷續續地回答。我一邊讓漣看保鮮盒一邊說。

「剛剛啊，幽先生拿這個過來。他現在還在玄關，去打個招呼也……。」

我想，說不定漣的心情會因跟幽先生碰個面而稍微好一點。

可是，我猜錯了。在我說出幽先生名字的瞬間，漣像是撐到極限一般睜大眼睛，宛如喉嚨被掐住一般激烈喘息。

「欸，漣……？」

他僵硬的臉逐漸發白，失去血色。

我沒想到他會是這種反應。我以為他應該會開心、露出笑容的。

我在心神不寧的漣身邊坐下。

「漣，你還好嗎？」

而後他不知為何用害怕的眼神看著我手裡拿的玉子燒，一邊緩緩後退，一邊搖頭。

「……不。」

他的聲音顫抖，我聽不清楚，所以「欸？」的反問。漣表情扭曲、痛苦地說。

「我不去……我不能去。」

他只說了這些，就抱住膝蓋低著頭，一動也不動。

我被他突然的轉變嚇了一跳，盯著他背影看了一會，道歉說「抱歉」後離開了房間。

回到玄關，我低頭向等在那裡的幽先生說「很抱歉」。

「我本來想叫漣過來，那個……他睡著了。您特意跑一趟，真是抱歉……。」

他哈哈一笑：

「沒關係，不用在意。」

手在臉前揮了揮。

「幫我跟漣說，身體恢復了再來唷。」

「我知道了。謝謝。」

幽先生一如往常的帶著笑容說「那，下次見」後回去了。

我在看不見他的背影後，還在玄關站了一會，動彈不得。

我反覆思量當我說幽先生來了時漣的反應。

不管怎麼看都很不尋常。不像是對客人突然來訪的驚訝或不安，反而像是在害怕。

為什麼漣會怕見到幽先生呢。幽先生之前這麼照顧他，為什麼突然會這樣？不管怎麼想我都想不出來。雖然想不到，但我知道這背後一定隱藏著什麼重要的原因。

幽先生和平常完全一樣，可漣的樣子明顯有異。

他們兩人之間到底出了什麼事？漣為什麼會變成這個樣子？到底發生了什麼呢？

我越想這個不知道答案的問題，就越被莫名的不安與恐怖籠罩。

第二天晚上，這種不安的感覺更甚。

晚餐後，外婆切了一些鄰居送的西瓜，我想如果是西瓜的話說不定漣會想吃，就裝在盤子裡上了樓。

明明時間還沒這麼晚，我敲了門，卻沒有回應。我莫名覺得不安，說「抱歉，我進去嘍」後，打開拉門。

漣躺在被褥上。他沒動，看起來在睡覺。

我有點猶豫，但想他睡醒可能會想吃，就把西瓜放在他枕頭旁。

這時候，漣動了動。是不是醒了呢，我看了過去，發現他眼睛閉得緊緊的。

毛巾被因他翻身而從肩膀上滑下，我伸手想幫他重新蓋好時，漣忽然「唔……」地呻吟起來。我一看，他眼睛閉著，但表情痛苦地扭曲。大概是做了什麼惡夢吧。

就在我想著是不是該叫醒他時，漣的額頭一下子冒出汗來。

我嚇了一跳，想著還是叫他起來吧，把手放到他肩上的時候，他發出沙啞的聲音說「……不起」。

「對不起……原諒我……。」

我心臟重重跳了一下。是悲痛萬分的聲音。

「漣……漣？」

我搖晃他的肩膀喊他，但他囈語似地反覆說著「對不起」。

「對不起……幽、先生……凪……小姐……。」

我好像聽到幽先生和凪沙小姐的名字。漣為什麼要向他們道歉？

「對不起，對不起，對不起……。」

凪沙小姐。距今約十年前，當她還是高中生時，在鳥浦的海中溺水身亡。是幽先生的戀人。緊追不放似的，對他與她不停道歉的漣。

這麼說起來，漣是從真梨小姐他們那裡聽了凪沙小姐的故事後開始不對勁的。他之前說過『小時候溺過水，所以恐水沒辦法游泳』。第一次去兒童食堂幫忙時，他也用非常嚴肅認真的表情，反覆說了很多次『大海很恐怖，很危險』。

我的心跳加快，胸口生疼。腦袋一片空白。

儘管不願去想，但一種隱隱約約的不好預感占據了我的心。

我盡可能調整了急促的呼吸後，回到一樓。外婆注意到我下來便開口詢問。

「漣的狀況還好嗎？」

我搖搖頭，然後說「吶，外婆」。

我在腦中計算。幽先生大我十歲，所以是他高中時代的事。

「您有聽說過，大概十年前……有女高中生在附近海域溺水身亡的事嗎？」

外婆睜大眼睛，眨了眨後，用哽咽的聲音說「說起來」。

「是發生過一起讓人很難過的意外……女孩發現有孩子溺水就跳下海，雖然孩子是救起來了，但女孩筋疲力盡，就這樣……被救起來的孩子應該是上幼兒園的年紀……。」
我腦中的點與點連起來了。不過這一點都不愉快，心裡刺刺的疼，痛苦到幾乎想吐。
「聽說過世的女孩和奶奶兩人相依為命。寶貝獨生孫女年紀輕輕就過世，她奶奶不知道是什麼心情……。」
外婆說的話，讓我想起了那一天。爸爸來訪，我覺得一切都被爸爸否定，在豪雨中帶著破罐子破摔的心情跑到波濤洶湧的海邊，覺得死了也無所謂。要是那時候漣沒有追過來，我不知道現在會是什麼樣子。
然後漣帶我回家時，外婆一邊哭一邊用力的抱著我溼漉漉的身體。外公也摸著我的頭說「很擔心妳啊」。那時候，兩老是什麼心情呢？
「兒孫比自己先走這種事，真的，光想都覺得心碎，很難過啊……。」
我看著眼眶泛淚的外婆，忽然想起媽媽的臉。
媽媽——外公外婆的獨生女。聽到媽媽出了意外，昏迷不醒，他們兩人會有多絕望。只想著自己的我，根本沒想過這麼理所當然的事。
我拚命忍住幾乎要奪眶而出的淚水。還有一個必須要問的問題。
「……您知道那個過世的女孩，叫什麼名字嗎？」
我勉強擠出聲音，外婆搖搖頭。
「因為不住在同個區域，所以我也不確定對方叫什麼名字……。」
這樣啊，我點點頭，然後小聲地說「謝謝」。

「謝謝您，外婆。真的，一切都很謝謝您……。」

當我說出無法好好用言語表達的想法後，我帶著像是被什麼追著跑的心情跑出家門。

我能做什麼呢，我該問什麼呢，我該說什麼呢。雖然沒一個知道，但我全心全力邁開腳步。儘管完全不知道我該怎麼做才好，總之我沒辦法不跑。

漣為我做了我很多。告訴我很多事。對封閉自己的心、躲在殼裡的我，即便說了很多刺耳又嚴苛的話，可我現在知道，這的的確確是善意。漣要是沒有告訴我的話，我一定有很多至今都不會注意到的事。

這次該換我為他做點什麼了，我想。

Nagisa店裡還亮著燈。

我從窗戶往裡看，確認幽先生坐在裡頭的餐桌位子上後，敲了敲大門。

「晚安。不好意思這麼晚打擾。」

我一開口，幽先生就幫我開了門。

「真波。怎麼了，這個時間來。」

「很抱歉……我有非得跟幽先生你說的話……。」

他驚訝地睜大眼睛，然後說「請進」，讓我進了店裡。

一走進店裡，就看到桌上放著方形柱子般的木架，還有一捆捲起來的和紙。大概是注意到我的目光，幽先生解釋。

「因為明天是龍神祭啊，就做了燈籠。」

「原來如此。抱歉在你忙的時候來打擾。」

「沒關係，沒關係。我快要做完了。是說，想說的話是？」

被他一催，我猶豫著該怎麼說才好。我只想著非得先見到幽先生不可就跑來了，還沒想到要問什麼。

我目光游移，不知道該說什麼才好。忽然間，看見了裝飾在廚房櫃子上的櫻貝項鍊。

「那條項鍊是……？」

我不由得小聲問，他微笑著說「啊啊」然後用充滿愛意的眼神看著項鍊，開口。

「那是凪沙和我的櫻貝喔。我們倆把小時候在海灘上撿到的貝殼一分為二收藏著，一直……。」

聽見凪沙小姐名字的瞬間，我的心臟像是被緊緊揪了一下。

「……那個，突然這麼問很抱歉。如果可以的話，不勉強……。」

「嗯？」

我突如其來的話語，讓幽先生歪頭，微微睜大了眼睛。

「……可以告訴我凪沙小姐過世時的事情嗎……？」

我不知道要說到哪裡才好，結果問了個非常沒禮貌的問題。即使如此，他眨眨眼之後，笑著對我說「嗯，可以喔」。

「凪沙是，高中一年級的暑假……龍神祭的前一天在海中溺水身亡的……今天剛好是她的十周年忌日。」

他的眼尾帶著溫柔的笑容說。

「她發現有個男孩掉進海浬，所以跳下去想救他……在好好地把男孩交給他的父親後，她因力氣用盡而溺水。」

啊啊，果然，我的眼前一黑。我的想像是對的。明明一點都不想猜中的。

「然後，她就在我眼前，過世了……。」

我喉嚨咻的一響。就這樣忘記呼吸、眼睛睜得不能再大，啞口無言地看著他。

「我從很遠的地方，找到了為了救溺水孩子而向大海跑去的凪沙，拚命的追過去。然後在凪沙溺水後立刻跟上，設法把她拉上岸。但是，凪沙已經失去意識了……。」

幽先生眼眶泛淚。緩緩溢出，順著臉頰流下。他一邊微笑著，一邊流淚。

看著自己唯一深愛的人在眼前死去，是什麼心情啊。我連想都無法想像。

「但是，在救護車上，她有一瞬間恢復意識。睜開眼睛，跟我說了短短幾句話……不過，很快就再度失去意識，就這樣再也沒有醒過來。」

幽先生淚流滿面的繼續說。

「那時我曾無數次、無數次、無數次的想，如果我再早一點追上她，哪怕是一分鐘也好，然後要是確切的知道救援的方法的話，要是能正確做心肺復甦術的話，說不定凪沙就不會死……可是，現在才這麼想已經晚了……已經完全、一切都，來不及了。」

他的語氣雖然平靜，但我知道，背後隱藏著無法抵抗的激烈悔恨，以及巨大的悲傷。

我已經說不出話來，只能咬住嘴唇。

「……真波妳今天，一定是為了某個重要的人，帶著這麼拚命的表情，氣喘吁吁地跑到這裡來吧。」

過了半晌，擦乾眼淚的幽先生直直看著我說。

我就這樣說不出話來，用力點頭。

「我沒辦法保護凪沙……保護我非常非常重要的人。我明明想著我一定會有所行動，一定會幫助她，結果辦不到。我失敗了。」

他嘆了一口氣，平靜到讓人心酸地繼續說。

「……我後悔到想死。直到現在還是。」

非常沉重的話語。深深刺進我的胸膛。感受到幽先生傳來的痛楚，我難以呼吸。

所以啊，幽先生溫柔地微笑。

「我希望真波妳不要有這種感覺。做所有妳做得到的事，希望妳不會後悔。」

我一邊忍不住哭出聲，一邊不住點頭。

幽先生用被淚水浸溼的聲音，小聲地說「加油喔」。

第十章　為光包圍

第二天早上，我一起床就去漣的房間，說了「早安」就氣勢洶洶地開了門。

他用和昨天同樣的姿勢睡著。穿的衣服也一樣。明明活著，看起來卻像是死了，我背脊發涼。

我擺脫這種想法，刻意用強硬地聲音說。

「漣，聊聊吧。」

一如往常毫無回應。第二次我聲音更大。

「漣，醒醒。我有話想跟你說。」

我跪在他身側搖晃他的肩後，他終於稍微動了動身體。

吶，漣，我用拜託般的聲音喊他。

「告訴我漣你的故事、你的痛苦……。」

就在我小聲地這麼說的時候，他緩緩抬起頭。露出一張蒼白而毫無生氣、憔悴不已的臉。

「……也是有一個人無法承載，光是和其他人說一說，就會舒服點的狀況啊……就像漣聽我說我的故事一樣。」

大概是從我的話中體悟到了什麼，他睜大眼睛起身。

「——妳知道了什麼？」

聽起來很害怕的聲音。

我想告訴他不要害怕，為了不刺激到他，輕輕握住他的手。

「我不太清楚，但是，我的猜測……大概是對的。」

從接觸的地方，我察覺到漣的身體失去力量。

「……這樣啊。被知道了嗎……？」

好像放棄了什麼似的，他說。

一定是不想讓任何人知道，只想隱藏在自己心裡的祕密吧。他大概打算不和任何人說，自己一個人扛下去吧。

可是，看他的樣子，就知道已經到極限了。若不放下已經膨脹到承載不住的包袱，就會這樣倒下，再也站不起來。

所以，我必須幫漣一把。

我覺得我無法用語言好好表達這份心情，所以一邊祈禱我的想法能傳達給他，一邊用力握著他的手。

有點因愣住而沉默的漣，緩緩地開口。

「……我，從幽先生那裏，奪走了凪沙小姐。」

充滿了絕望的聲音。

「我從愛著凪沙小姐的人們那裡，奪走了凪沙小姐。凪沙小姐會死，都是我害的……。」

啊啊，所有的一切終於都連起來了。我眼前一黑。

雖然我打從心底希望我的想法是錯的，但我的猜測猜中了。

漣開始斷斷續續地對啞口無言的我說。

「我六歲的時候……和父親、弟弟一起到鳥浦的海港來。父親在釣魚，我和弟弟在附近玩。父親跟我們說過要是掉到海裡很危險，千萬不能跑開。但玩了一下之後，我跟弟弟都玩膩了，覺得無聊，就開始追來追去。一開始還小心注意，漸漸的就只顧著追了……回過神來時，我掉到海裡。我明明會游泳，卻因腳踏不到底而恐慌，就這樣溺水了。」

漣像失去感情一般平靜地繼續說下去。

「……我那時還小，又嚇得不輕，所以幾乎不記得溺水時的事。不知道自己是怎麼被救起來，就連被救護車送到醫院也是，我應該有意識，但只記得一些片段。在醫院醒過來時，我爸媽一邊哭一邊告訴我『是個姊姊救了你』。那時候，我只覺得碰巧有個好心人在附近而已。」

漣一一確認般緩緩地說。

而我只能聽。

「但是，我出院那天，爸媽對我說『其實救你的姊姊過世了，今天是她的葬禮，所以我們要去道謝和道別』，我就來到鳥浦。在我還搞不清楚發生了什麼事之前，便照著爸媽說的，對棺材裡的女人說『對不起，謝謝』。那時候的記憶雖然模糊，不過我還是記得凪沙這個名字、父親和母親跪地一邊哭一邊道歉，當時在棺材前還有個瘦小的老奶奶，以及一個宛如壞掉人偶般癱軟的男人。」

漣呼地吐了口氣。然後顫抖著聲音小聲地說。

「……現在想想，那應該就是凪沙的奶奶和幽先生。」

我什麼話都說不出來，拚命忍住淚水。我覺得既然漣努力的把事情告訴我，那我就不能哭。

「小時候只知道這些。但是……在我長大懂事了之後，有一天，有人因我而死的事實突然無比沉重，我忘不了。」

漣咬著唇，緩緩地眨眼。

「爸媽會擔心，所以我沒有跟他們說，可在家也好、在學校也好，不管做什麼，那個人的事情都揮之不去。但是，已經過了這麼多年，如今我沒辦法為那個人做什麼了，我想至少不要讓人覺得『要是沒救這種傢伙就好了，真是死得沒有價值』，努力讓人覺得我是個好孩子，念書、社團、人際關係各方面我都盡可能努力……。」

這些話刺進我的胸口，刺痛生疼。

所有人都認可的優等生、文武雙全、深受大家信賴的漣。看他這個模樣，我自以為他生來就幸福萬分，無憂無慮，也對他這麼說過。

但是，這是比任何人都誠實、全力以赴的漣的努力成果。我沒有想到他行為的背後，竟然隱藏著這麼痛苦和深切的感情。我不經大腦說了非常過分的話。好想打爆過去的自己。

「中學三年級快升學考試的時候，我突然覺得我得去鳥浦。去因為我而去世的人曾經生活的小鎮，好好對那個人的家人道歉，然後在大海附近對那個人表達感謝與歉意，同時繼續祈禱，我想我只能做點事……。」

在這裡停頓了一下的漣，忽然自嘲地笑了。

「……但是，當我搬到這裡時突然覺得害怕……無法下定決心去找那個人的家人。一想到說不定會被責怪，要我把那孩子還回來，也或許不管我怎麼道歉都得不到原諒，就覺得害怕。」

「這，是當然的。」

我第一次插話。

「換了誰都會這麼想喔。如果我處在漣的位置上，一定會怕得不敢動。大概會想著當作沒發生過、忘了吧。所以，光是漣一個人來到這個小鎮上，現在也繼續住在這裡，我真的、真的覺得非常了不起……。」

我拚命地說，設法安慰他，可漣只是輕笑一聲，臉上再度恢復痛苦的表情。

「但是，我奪走了幽先生珍視的人、奪走了某人的家人這一點沒有改變啊。害死別人的我，本來就沒有過得幸福的資格、笑著生活的權力。我過去過得輕鬆愉快，事到如今才注意到這一點……。」

所以漣才會變成這個樣子嗎？無法原諒自己的幸福與笑容嗎？

我想大喊你為什麼會這麼想。不過，對現在的漣而言，一定聽不進我這個局外人說的話。

所以，我說。

「漣，去見幽先生吧。」

這一瞬間，他的臉迅速變得蒼白。

「不要。」

他的聲音顫抖，沙啞得幾乎不可聽聞。

「我有什麼臉去見他？」

滿是恐怖和不安，膽怯不已的表情。我是第一次見到他這麼脆弱。

看起來深受大家信賴、仰慕、永遠充滿自信、總是勇往直前生活的漣，我是第一次碰觸到他的另一面。

「即使如此，去吧。不能這樣下去啊……。」

我抓著漣的手，充滿著無法用言語表達的想法，緊緊握著。

午後，我打電話給幽先生，今天是Nagisa的公休日，所以他傍晚採買完東西後可以跟我們見個面。

我和漣站在約好見面的海灘上，幽先生也比約定的時間早了十分鐘抵達。

「你好。」

他用一如往常友善的笑容跟我們打招呼，但漣像凍住似的一動也不動，就這樣低著頭不肯抬起。

「今天是龍神祭呢。我第一次參加，非常期待。」

我想稍微緩和一下氣氛，先閒聊了幾句。

「對啊，真波才剛搬來嘛。燈籠遊行和最後的篝火都很美喔，敬請期待。」

我想幽先生一定注意到漣的樣子和平常不同，但他什麼都沒有說地跟我聊。

「真波做了燈籠嗎？」

「啊，有，外婆教我做了。不過我還沒畫上畫就是了……。」

這裡似乎有在龍神祭用的自製燈籠上畫畫或寫字的習慣。我和外婆一起做燈籠的時候，外婆對我說『小真要不要寫點什麼？也有人寫願望喔』，可時間就在我煩惱各式各樣事情的時候流逝，結果現在還是一片空白。

「這樣啊這樣啊。嗯，也有人什麼都不寫的啦。願望是只屬於自己的祕密，我覺得也很好喔。」

「不，倒也不是這樣……。」

就在我們對話的時候，一直低著頭站在我旁邊的漣，突然朝著幽先生深深低下頭。

「——對不起！」

幽先生嚇一跳似的「哇」地喊出聲。

「欸，漣，突然這是怎麼了？」

漣深深彎下身體，抓著膝蓋繼續低著頭，他的肩膀微微顫抖。

「……是我。」

幽先生覺得不可思議似地歪著頭看小聲說話的他，「欸？」的反問。

我聽見漣吞了口口水的聲音。我不由得把手放在他背上。我想稍微給他一點力量。

過了一會，漣像是心意已決似地深呼吸一口氣後，開口。

「……凪沙小姐救的人……是我。」

「……！」

幽先生倒抽一口氣，眼睛睜得大大的。

「被凪沙救……？難道，是在海裡溺水的……？」

漣低著頭用力點頭。

我屏住呼吸，看著幽先生。我猜不到他的嘴裡會出現什麼話語，是憤怒嗎，是憎恨嗎？

一時間僵硬得彷彿時間停止般的幽先生，忽然放鬆了眼睛小聲地說。

「原來……漣，你是那時候的孩子啊……。」

幽先生囁嚅似地說，忽然朝漣踏出一步，同時伸出雙手。

漣嚇得肩膀發抖。或許是覺得自己會挨揍吧。

但是，幽先生雙手環住他的身體，用力地抱緊他。

這次換漣的眼睛睜得不能再大。

「……謝謝你告訴我，我很高興。」

「欸……？」

那瞬間，漣的雙眼流出大顆大顆的淚水。喉頭發出痛苦的嗚咽聲。

「對、對不起……！」

漣用幾乎不成聲音的悲鳴繼續道歉。

「對不起，對不起，都是我害的……凪沙小姐……。」

而後，幽先生輕輕笑了起來。

「漣沒有做錯什麼，不用道歉喔。」

他用包覆般溫柔的聲音低語，像是要讓他冷靜似地拍拍漣的背。

漣驚訝地睜大了眼睛，但立刻像要否認似地拚命搖頭。

「不是的，都是我害的。要是那時候的我，聽爸爸的話不做蠢事沒有溺水的話……我就不會害死凪沙小姐了……。」

光是聽就覺得心痛。他過去究竟是懷抱著多大的後悔和罪惡感活著的呢？從他的表情、話語、發抖的身體深切地傳達出來的，是無止盡的痛苦。

「……她一定很恨我……。」

漣雙手覆臉，擠出聲音似的說。

而後，幽先生說「吶，漣」，把他緊緊貼在臉上的手拉開，正面看著他。

接著，就像是要說給漣聽似的，緩緩地說。

「漣，你不需要覺得凪沙是因你而死。不是你的錯，不是你害死她的。」

幽先生斬釘截鐵地說。

確定的語氣，以及毫不猶豫的直率眼神。

「凪沙絕對不會恨你。也絕對不會說、不會覺得是漣的錯喔。我保證。凪沙只是沒辦法不去幫助眼前痛苦的孩子而已。沒辦法視而不見，就算知道會危及生命，也忍不住不跳下去而已。」

幽先生一邊說，一邊露出充滿愛意的笑容。

「……凪沙就是這樣的人。真的很溫柔……溫柔到過頭的溫柔，她是個寧願犧牲自己也要幫助別人，充滿大愛的人。」

幽先生用她彷彿還在世般的口吻說。

所以說啊，幽先生緊緊握住漣的手。

「如果漣像這樣過著自責的生活，凪沙一定會很難過——。」

說到這裡，幽先生突然收了口。接著，覺得有趣地笑出聲，「不」地改口。

「一定，會生氣喔。」

「……欸。生氣？」

我不由得開口反問。而後幽先生噗哧一笑看著我。

「對。會爆炸生氣。大怒。要是讓凪沙生氣的話是很恐怖的。」

我想像著大怒、恐怖的樣子。和「凪沙小姐」宛如聖母般的印象相差太遠，我啞口無言。

幽先生帶著懷念的目光笑著頑皮地說，我也常被她罵喔。

「她總是罵我要飲食均衡，不能只顧參加社團活動、要好好念書。不過全都是為了我好就是了。凪沙從沒有因為自己而生氣。」

幽先生看著漣，臉上忽然露出憤怒的表情。

「漣，你為什麼要在意很久之前的事情而裹足不前？我不希望這樣，像個笨蛋一樣笑著開心的活下去吧！然後要好好過得幸福啊！」

我屏住呼吸看著他。

「——凪沙一定會氣到抓狂。她就是這樣的人。」

看樣子，他是在模仿凪沙小姐說話。

聽了幽先生的話，過去她模糊的影像逐漸清晰，鮮活地閃耀著。她總是溫柔穩重微笑著原諒一切、接受一切的聖母形象逐漸淡去，取而代之的是出現無所畏懼、直言不諱，堅定活潑的少女形象。

——啊啊，凪沙小姐還活著啊。

事到如今我才感受到這個理所當然的事，心中感慨。

我閉上眼，想著凪沙小姐。會罵幽先生，卻不曾為了自己而生氣，為了幫助眼前溺水的孩子，不顧危險跳入海中的人。

多麼、多麼溫柔的一個人啊。宛如海一般深的溫柔。我找不到能表達這份心情的詞語。只有胸口一陣熱。

她一定不希望自己幫助的孩子永遠受到罪惡感折磨吧。

我看向身旁的漣。他就這樣低著頭，彷彿自言自語般用微弱的聲音低語。

「但是，我……我沒有幸福的資格、不能被原諒……因為，凪沙小姐是因為我……。」

都這種時候了，還在說這種話嗎？就在我這麼想的時候。

「——夠了，漣！」

我說出這樣的話。

漣和幽先生像是事先說好似的，同時睜圓了眼睛看著我。

「……凪沙小姐一定不會記恨。幽先生這麼說，所以一定是。」

「真波……。」

「明明對方都已經原諒你了，你也沒必要一直沒完沒了的自責不是嗎？」

啞口無言看著我的漣眼中，倒映著我過去從沒有過的表情。

「我雖然懂漣的心情，不，因為不處於相同的立場所以我只能想像，但我知道，這一定很痛苦、感受到責任感、覺得後悔。可是……凪沙小姐一定一點都不希望你這樣。好不容易救回你一命，一定會希望你開心幸福地活下去。這樣，一定……。」

我調整呼吸，下定決心。

我知道這會是很殘忍的話。

雖然不知道不善言詞的我選的詞語適不適合，但是我覺得是非得說出來的話。

幽先生非常非常溫柔，所以一定說不出口。凪沙小姐也已經沒辦法親口說出自己的想法了。外公外婆也一定沒辦法對漣說出這麼殘忍的話吧。漣的家人，也正因為是家人，一定說不出口。

其他人都說不出口，只有我能說。

所以，我必須這麼說。

「……漣的罪惡感或後悔，大概只是自我滿足而已。因為，沒有人希望你這麼做。」

這瞬間，漣的表情嚴重扭曲。可能是不想讓人看見，他痛苦地嘆了口氣，看向大海。

我跟著看過去，海上是一整片的夕陽。

色彩鮮豔奪目的天空和海洋。在海天的邊緣處，宛如一團火焰般大大的深橘色夕陽，緩緩西沉。

幽先生忽然平靜地開口說「我呢」。

「我很高興遇見了漣，得知了一切。」

漣倒抽一口氣，看向幽先生。他真誠開心地笑了。

「凪沙賭命救下的孩子長這麼大了，長成這麼好的孩子，成為溫柔到無法不自責的孩子，我是真的很高興知道這一切。」

幽先生的聲音緩緩溢出。他對面的漣也表情扭曲。

「很高興漣到鳥浦來。能見到你真是太好了。」

「……啊。」

「漣，謝謝你還活著。」

漣和幽先生都哭了。

兩人順著臉頰止不住流淌的淚水，閃耀著燃燒般的夕陽顏色。

「……嗯，若說我自己的話，只要漣每天都能開心地笑著生活，過著充滿幸福的人生，那我就很開心了。」

開玩笑似地笑著的幽先生，突然衝動地動了。

他直直地朝著海浪拍打上來的邊線奔跑。途中脫下了運動鞋，赤腳踩在染成橘色的沙灘上，噗通衝進了大海裡。

衝到水深及膝之處，他停下腳步。

「凪沙——!!」

幽先生雙手攏在嘴邊，對著整片映照出晚霞的大海，大聲地喊著喜歡的人的名字。

「凪沙!!」

我和漣追了上去，然後與他並肩。

「凪沙妳保護的孩子來見妳嘍——！已經是個高中生啦！超厲害的啊！他好好長大了！而且超堅強超溫柔是個超棒的小孩喔！好棒，超開心的！對吧，凪沙!!」

幽先生笑了。但繼續流淚。

「……凪沙，凪沙……。」

堅持呼喊的聲音，非常溫柔、悲切且帶著淚意。用手拭去淚水的他，忽然仰天張大了嘴。

「……啊啊——!!」

盡可能大聲地對天大喊。

而後，漣也往前跨了一步，朝著大海大喊。

「啊啊啊——!!」

是尖銳到刺進我胸口、空氣為之震動的聲音。

「嗚啊、啊啊啊——!!」

漣一邊哭喊，一邊癱倒在地。他跌坐在海中，即使淚水大滴滑落，還是繼續大喊。

「啊——!!」

「啊啊啊——!!」

兩人痛哭失聲的聲音重疊，融入大海。看到這一幕的我，臉頰也在不知不覺中被淚水打溼。

我從不知道，為了某人而流下的淚是這麼熾熱。

「哇啊啊啊——!!」

「嗚哇啊啊——！」

大哭的幽先生和漣似乎沒有意義的喊叫，在我耳中，的的確確是送給凪沙小姐的話——我覺得我聽見『最喜歡妳了』、『我愛妳』，還有『謝謝』、『對不起』。

這盈滿胸口的心情，緊縮到近乎疼痛的想望，該用什麼字眼表現才好呢？

痛苦、心酸、悶悶不樂的。

為什麼在他們身上，發生了這麼殘酷、悲傷的事呢，一思及此，我就懊悔不已。

沒有家人的幽先生，他最愛的凪沙小姐過世了。

不顧自己安危拯救他人的凪沙小姐，過世了。

以別人的生命交換而獲救的漣，持續被這份罪惡感折磨。

這一切說是神明的作為、說是命運的惡作劇，都太殘酷了。

但是，因為知道漣、幽先生和凪沙小姐的感受，我的心裡確實宛如漲潮般，滿是柔軟溫暖的東西。

我們被橘色的光芒籠罩，一直凝望著海洋。

當四周夜幕降臨時，龍神祭開始了。

伴隨著太鼓的聲音，燈籠隊伍走近佇立在藍色海灘上的我們。

我抬頭看著沿海道路，人們手中燈籠的亮光，宛如在海中飄蕩的光般左右搖動。隊伍抵達沙灘後，焚燒篝火。大家把自己的燈籠放入火中。吞沒許多燈籠的火焰熊熊燃燒。

就在我呆呆看著一邊發出劈哩啪啦聲響一邊往夜空升騰的火焰，以及宛如落雪般飄落的火燄碎屑時，腳尖忽然碰到了什麼，發出沙沙聲。我一看，好像是貝殼。

我蹲下撿起它，就著火焰一看，粉紅色透了過來。

是櫻貝。幽先生跟我提過，帶來幸福的櫻貝。

我輕輕地用手心包覆這薄到隨時會碎裂的纖細貝殼，放到口袋裡。

最終章　向海許願

「那麼，我出門了。」

站在玄關樓梯上送我的外公外婆，對在玄關穿鞋的我說。

「小真，路上小心喔。今天很熱，要多喝水，盡可能走在陰涼的地方喔。」

「嗯，我會注意。謝謝。」

這時候，拿著書包的漣從二樓走了過來，開口喊「真波」。

「什麼？」

「我也去。」

「欸、欸？我是要去我媽住的醫院……。」

「我知道。我也一起去。」

「欸……為什麼？」

「沒什麼，只是想去。去吸吸久違的老家空氣。」

「嗯……。」

這回答雖然簡短，但老實說，我覺得這讓我安心。

畢竟，我是為了和爸爸討論之後的計畫而去這一趟的。雖然是我自己的決定，但一想到不知道是什麼樣的討論情況，還是不想去。如果漣一起來，應該可以分散一點注意力。

「啊啦，漣也要一起去嗎？」

外婆開心地說。

「其實啊，我想說是不是要給隆司先生和真樹帶點伴手禮，但想著行李應該會很重就放棄了。方便的話，漣可以幫忙拿嗎。」

「嗯，可以喔，我拿去。」

「太好了！那，我去拿，你們等一下喔。」

外婆走進廚房，不多久就拿著一個大紙袋走了回來。

「點心、酒，還有裝了小菜的保鮮盒，不要打翻嘍。」

漣點點頭說「嗯，我知道了」，接過物品。

「除了那個，這個也是。」

這次外婆遞給我一個保冷袋。

「裡面放了可爾必思。」

「哇，謝謝。」

我收下那個沉甸甸的袋子。

「這個，還裝了冰淇淋。去的時候吃點提提神吧。」

「提振精神啊……。」

我一邊笑著一邊往裡看，裡面放著兩個寶特瓶，還有大大的冰袋和兩個雞蛋冰淇淋。

「哇，是雞蛋冰淇淋，好懷念！我小時候超愛的。奶奶，謝謝您！」

聽到漣說的話，我忽然想起。對了，我小時候，也很喜歡這個冰淇淋。

以前來鳥浦玩時，我不喜歡外婆拿出來的陌生冰淇淋，任性地說「沒有雞蛋冰淇淋嗎？我想吃雞蛋冰淇淋」。外婆一臉歉意地對我道歉說「對不起」。

外婆一直記得這些超過十年的瑣事，在我住到這個家裡來的時候，一定會跟可爾必思一起買給我。或許是小時候沒能讓我吃到我喜歡的冰淇淋，所以覺得這次要有。

然後，在我因為學校的事情沮喪不已時，為了鼓勵我，才會給我雞蛋冰淇淋吧。

啊啊，我真是笨蛋。因為人的溫柔是無法用肉眼看見的，非得好好地自己去感受不可。

外婆小聲地對默默看著雞蛋冰淇淋的我說。

「要是小真小時候，我有讓妳好好吃到冰淇淋就好了。」

充滿後悔的語氣。我慌忙搖頭「沒這種事」。

「那只是我在耍任性而已，不要在意。」

我拚命想安慰外婆，但外婆的表情還是很憂鬱。然後外婆垂下眉、瞇起眼睛，小聲地說「其實啊」。

「我一直想跟你們道歉。」

「欸……什麼？」

「……那個，我之前一直沒能好好去見見小真和真樹，真是抱歉。」

在滿臉歉意、無力微笑的外婆身旁，外公也說「抱歉」。

鳥浦和N市雖然同縣，但相距遙遠，對外公他們而言是個舟車勞頓才能到的地方。所以他們不來看我們，我完全不會有任何疑問或不滿。那麼，為什麼要道歉呢。

「其實，我們和隆司先生的雙親處得不太好。洋子和隆司先生結婚的時候，他們非常反對，說像我們這種鄉下來的獨生女會太重視娘家不能娶，要娶的話就要有捨棄娘家的心理準備。

聽了這樣的話，我們就去對方家裡勸說，但他們還是不聽。妳外公氣壞了，大罵『我拒絕讓我的寶貝女兒嫁到這種家庭裡』啊。」

我不敢相信溫柔敦厚的外公會說這樣的話而愣住，外婆覺得有趣地對我一笑。

「那時候妳外公還年輕。」

外公也用同樣的表情點頭說「是啊」。

「現在應該可以好好控制，但那個時候真是氣得不得了。」

看著溫和微笑的外公，我還是沒辦法想像他大罵的模樣。但是，外公為了媽媽而生氣，我莫名覺得開心。

「所以啊，我們就阻止洋子說『不會讓妳嫁到說這種話的家庭裡』。可洋子還是說要跟隆司先生結婚，不聽我們的。幾乎是私奔似的嫁了過去。」

我嚇了一跳，這麼拘謹的爸爸和媽媽，即使兩邊的父母都反對，還是想要結婚，憑藉著幾乎要私奔的熱情在一起。

「從那之後，因為彼此僵持，有段時間幾乎沒有見過面。」

「不過，聽到小真出生，那時忍不住去看妳。」

「欸，真的嗎？我還是嬰兒的時候有來看我？」

「是啊。小小的好可愛喔。從那之後，我們漸漸會和洋子通電話，真樹出生比較穩定的時候，就連小真妳一起帶著到我們家來玩了喔。還記不記得？」

「嗯，我上幼兒園的時候。」

「對對。」

外婆開心的點點頭。外公接著說。

「因為小真和真樹都很可愛，也和洋子和解了，每天都很想見你們。但還是啊，因為結婚那時的事沒臉見親家，而且那時候還在工作，就拿工作當藉口沒有去看你們。洋子也很忙，不是這麼常回鳥浦，就沒有什麼機會見面……從小真的角度看，我們是全然陌生的外祖父母吧。」

我無法否認。事實上，搬到這裡的時候，我有第一次見外祖父母的感覺。

外婆一臉寂寞地呵呵笑了，小聲地說「那樣」。

「……要是知道洋子會變成那樣，我們會多去看你們的啊……就在下次吧下次吧一直拖延的時候啊……現在說這些也太晚了……。」

外婆指的是那場車禍事故。我也沒想到竟然會母子一起遇到事故，媽媽就這樣昏迷不醒，沉睡至今。

「雖然我們慌忙趕到小真妳和洋子住的醫院，但親家他們因為出事了很激動，實在難以跟他們見面，就換了個時間去看你們……。」

之前從沒聽說過。我倒抽一口氣睜大眼睛。

「真的嗎？我不知道……。」

「小真妳碰巧吃了藥在睡，所以就只看看妳而已……。」

「不不，請不要在意。光是來看我，我就很開心了。」

聽了我的話，外婆笑著說謝謝之後坦白道：

「現在我們也會每個月都偷偷去看一次洋子。」

「欸，真的嗎？」

我嚇了一跳，但回想起來，的確有很多次去看媽媽的時候病房裡都裝飾著鮮花。我沒有多想，頂多就是想著是誰來了啊，但會來看十年都昏迷不醒的人，也就只有家人了吧。我明明有在醫院看過兩老一次，為什麼沒想過花是外公外婆放的呢，自己都覺得丟臉。

「雖然也想過要去看你們啊，可就在猶豫要不要去親家家裡的時候，時間就這樣過去了。時間久了，我們也害怕，想著現在才去見你們，說不定你們一點也不開心、只會造成困擾、會討人厭吧……。」

外婆和外公對視一眼，小聲地說。

我很意外外公他們也覺得很害怕。但是，我能想像突然聯絡、前去探望一直都沒見面的外孫，是需要莫大勇氣的。

「所以啊，收到小真要考這邊高中的消息時，是真的很開心。知道小真妳並不討厭我們。」

聽了外婆的話，我慌忙搖頭說「我怎麼可能覺得討厭」。但是，剛搬到這裡時的我，雖然不到討厭，可對外公他們是各種懷疑。當時自己那樣譏諷的態度，我現在覺得非常抱歉。

就在我莫名接不了話，就這樣沉默不語的時候，外公忽然用強而有力的聲音說「小真」。

「我們也覺得不能像過去那樣總是看對方的臉色、偷偷摸摸的。因為小真鼓起勇氣去和妳爸爸談，外公、外婆也要努力啊。」

外公毅然決然的話，讓身旁的外婆也深深點頭。

「下次我們要好好去見見隆司先生的雙親。難得因孩子結婚而有了親戚關係，就這樣繼續生疏下去也太寂寞了。雙方得互相妥協才是……。」

「一堆我沒意識到、不知道的事……。」

我一邊離開家往車站走，一邊小聲地說。身旁的漣看著我。

「聽了外婆說的話，我再次反省到自己真是個自我中心、看不見週遭事物的笨蛋。」

而後他噗哧一聲笑出來。

「妳現在才知道？」

「過分！這種時候一般都會說『不會啦』的吧！……不，算了，我真的是愚蠢又任性，就是這樣……。」

「妳自己很清楚嘛。」

「你真的很白目……就沒有安慰這個選項嗎？」

「說一些言不由衷的話，一點意義都沒有。」

對，漣就是這種人，我在心裡嘆了口氣，但嘴角自然地放鬆下來。能像現在這樣輕鬆地跟曾經消沉得讓人看不下去的他對話，我是真的很開心。

想到這裡，漣忽然語氣一變，說「不過」。我一看，他溫和地笑了。

「我也是個笨蛋，也不能說這麼自以為是的話就是了。」

「……你自己很清楚嘛。」

不知怎麼的我有點尷尬，原封不動地把剛剛的話還給他。漣覺得有趣地笑了。

「大家一定都是這樣，察覺到自己愚蠢的地方，一點一點修正，然後成長的。所以，早點發現是好的。」

「應該是吧……。」

「妳接下來要改變自己了，對不對？」

漣微笑著看著我。我雖然沒有明確告訴他我接下來要去做什麼事，但他應該感覺到了些什麼。

「嗯……我要去跟我爸決鬥。」

我找不到更好的表現方式，所以選了這個詞彙，他又覺得搞笑地噗哧笑出來。

「決鬥？」

「嗯，決鬥。之前一直覺得我無可奈何、只能照著爸爸說的話做，但是……因為我不想離開這裡。」

好好地把自己的想法，用自己的話，傳達給叫我回家的爸爸。他一定無法立刻接受，可在爸爸理解之前，我會無數次地去說服他。一種從未感受過的堅定決心，在我心中確切地紮了根。

我還是想住在這個改變我的人們所在的小鎮。若聽從爸爸的吩咐離開這裡的話，我一定會後悔的。

「那麼，祝妳武運昌隆。」

就在漣笑著的時候，正好走到沿海道路上。他一下子閉了口，直直盯著大海看。

自從龍神祭那天和幽先生說過話後，漣慢慢、慢慢恢復精神，但時不時還是會看見他好像在思考什麼的側臉。我想大概還是對凪沙小姐或幽先生有罪惡感吧。

過了一會，他還是一動不動，所以我重新振作似地開口說「吶」。

「吃冰淇淋吧，要化了。」

「嗯？啊啊。」

從保冰袋裡拿出雞蛋冰淇淋後，我們發現。

「……啊，對了，沒剪開的話沒辦法吃啊。」

它是不剪開裝了冰淇淋的塑膠袋尖端的話，內容物就出不來的設計。

而後看著袋子裡面的漣出聲。

「喔，裡面有剪刀欸。」

「真的假的!?不愧是外婆！」

漣拿起剪刀剪了下去。就在這個瞬間，裡頭的冰淇淋噴射而出。

「嗚哇！」

漣慌忙咬住尖端。

「對了，是這種冰淇淋啊！」

「過了一段時間所以融化了。」

「但連這種災難都好懷念喔！」

我們一邊大笑，一邊繼續往車站走去。

搭了一小時左右的電車，我們抵達N市的終點站後，再換搭其他電車坐了一會。

離開鳥浦約一個半小時後，我們抵達媽媽所住的大學醫院。我上一次來看她是搬到鳥浦之前，已經過了三個多月。

很久沒有來了，不過醫院一切都沒變。明亮、潔白、乾淨，明明人潮眾多卻出奇安靜的大廳。

前往媽媽病房的路上，經過可以讓住院患者或訪客放鬆的聊天室前時，漣開口說「那個」。

「我，在這裡等吧。」

我嚇了一跳，回過頭。

「欸，你不一起去嗎？」

「嗯。妳結束了叫我。」

「……難不成，你是不想見到我爸？」

爸爸在媽媽的病房裡等。所以我想漣是不是因此不想去。

「那時候我爸對你說了很沒禮貌的話……抱歉。」

爸爸來鳥浦的時候，對漣說了非常過分且冒犯的話。發生過這種事，當然不想再見面了。

但是，漣不在意地笑著說「不是因為這個」。

「我不在意那個。妳畢竟是女生，有女兒的父母一定會反對女兒和男生住在一起。」

「是啦……漣你不介意就好。」

「不介意。可以的話我想之後去打聲招呼。只是我在的話有些話會難以啟口吧，妳們自家人談談。」

他如是說；從表情看起來不像在騙我，所以我放心地點點頭。他本來就不是會說謊的人。

「那，我過去了。」

在我拿著外婆幫我準備的伴手禮紙袋，要往病房走去的時候，漣開口說「那個」，我於是回過頭。

「加油喔。我在這裡等妳。」

那是我以前從未見過的燦爛笑容。不知何故，我想起在晴朗天空下廣闊無垠的大海。

「待會見，真波。」

我的胸口漸漸溫暖起來。我從沒想過，有一天被漣直呼名字會有這種心情。

第一次見面的時候，突然被他直呼名字，我很不高興。但是，回過神來時，發現他這麼喊我已是常態，不知不覺間，聽起來變得很舒服。

「嗯，我會加油。待會見！」

我對漣揮揮手，走到純白的走廊上。光是想到他在等我，我就覺得自己踏出的腳步充滿力量，真是不可思議。

我看了眼病房門旁掛著的名牌，確認上面寫著『白瀨洋子』後，敲了敲門。

「我是真波。」

就在我說話的瞬間，房內傳來啪嗒啪嗒的腳步聲。是什麼啊，就在我疑惑不已的時候，門一下子開了。

「姊！」

冒出來的，是三個月不見的弟弟。

「欸，真樹！你來啦？」

「嗯。姊，歡迎回來。」

滿臉笑容。我沒料想到竟然會是用笑容迎接我。

我幾乎沒有跟真樹說什麼就離開了家，有種放棄做姊姊責任的感覺。即使如此，他還是露出這種藏不住欣喜的反應，我覺得很抱歉。

「跟他說真波要回來，他說想見妳，講也講不聽。就帶他來了。」

爸爸站在真樹身後說。

「我想說學校還有其他很多事，聽我說聽我說。」

我點頭回應，和真樹並肩在窗邊的沙發上坐下。

真樹立刻開口。說的是些朋友、老師的事，還有補習班啊、遊戲啊這些瑣事，說起來我在家的時候也每天聽他說這些，覺得好懷念啊。

真樹說了一會，大概是說得盡興了，他收了聲。然後抬頭仔細看著我的臉。

「姊，妳好像變得有精神了欸。」

我睜大眼睛，歪頭問「有嗎？」。

「看起來非常有精神喔。是因為見到了外公外婆的緣故嗎？」

「嗯，或許吧。還有，認識了很多其他人的緣故。」

「這樣啊，太好了！」

真樹真的很開心地笑了。

「……嗯。謝謝。」

真樹他應該一直很擔心不去學校、關在房間裡的我吧。我連最親近的家人的想法，都感受不到。

「妳有事跟爸說嗎？」

「嗯，有些。」

「很重要的事？」

「嗯。非常重要的事。」

「吶，我去聊天室看書。」

「欸？」

沒給我阻止的機會，真樹啪嗒啪嗒跑出了病房。

「覺得他還是個孩子，沒想到已經會為別人著想了。」

爸爸坐在床邊折疊椅上等，目送真樹的背影小聲地說。然後轉過頭：

「那麼，我們進入正題。」

我點點頭，從沙發上站起來。

我和爸爸站在床的兩側，看著媽媽沉睡的臉龐。

「……媽媽，好久不見。」

理所當然的，即使我開口，媽媽也沒有反應。

我坐在一旁的折疊椅上，輕輕把手放在接著點滴線的蒼白手臂上。一如往常的溫暖。但是，她的臉白得彷彿看得見血管，眼瞼也無力地閉著。

看她這模樣看了十年，我已經幾乎想不起媽媽健康時的樣子了。

我把目光從媽媽身上移開，對著爸爸開口。

「吶，爸爸……。」

本想在決心動搖之前說出該說的話的，但真的和父親面對面時，我沒辦法好好說出話來。

爸爸趁著這個空檔開口說「真波」。

「妳什麼時候要搬家？暑假期間把所有手續辦完比較好吧。我稍微查了一下，普通高中的行事曆基本都是二月提交申請書、三月考試、四月轉入，所以比較困難，但函授制的學校可以從十月開始就讀，也有整年都能收轉學生的學校。早點進行比較好，妳下週開始準備搬回來。」

「等……等一下。為什麼你就這樣自顧自地講下去啊？」

聽爸爸突然說出考試啊轉學啊之類的話，我忍不住自己的驚訝和不安，語氣不由得尖銳了起來。但立刻意識到這是在重蹈覆轍，硬是讓自己冷靜下來。

「爸爸，聽我說。」

端正姿勢，聲音自然沉靜下來。

爸爸驚訝地挑了挑眉，直直地回望著我。

「爸爸總是不聽我說，把自己的想法強加在我身上……我有自己的主見，希望你先聽聽看再判斷。」

我緩緩地說，爸爸眼睛微微睜大。

「強加……？我沒這麼打算……妳還只是個孩子，又總是什麼都不說，可能還沒辦法自己做決定，所以爸爸覺得必須引導妳才行……。」

聽了爸爸含糊的話，我覺得爸爸可能並沒有真的打算無視我的想法。

是的，我不可以打從一開始就放棄主張自己的想法。如果不把自己的想法說出口，就算是家人，也是無法接收理解的。我再次強烈的感受到在鳥浦學到的這件事。

所以，我今天要好好說。我再次下定決心，回望爸爸。

「爸爸。我，還是不想回到這裡來。我想繼續住在鳥浦，讀那裡的高中。」

我坦承以告後，爸爸眉頭緊皺，然後深深嘆了一口大氣。

「為什麼？我是為了妳好，才叫妳回來的。」

這低吼般的聲音，讓我也皺起眉頭。雖然感情上想要回嘴，但我硬是把話吞了回去。我直視著爸爸，開口主張自己的想法。

「那種，所謂我是為妳好的話，我覺得非常狡猾。」

可能會生氣吧，我腦中閃過這個念頭，但意外的爸爸只有驚訝地張大眼睛而已。

「狡猾……？什麼意思？」

一臉看起來真的不懂的樣子。

「因為，聽到這種話，我們這些孩子，一定會覺得非得聽話不可吧。爸媽對我們說這是為了你好，所以要是不照著做就會覺得對不起爸媽……。」

但是，我繼續說。

「對方說我是為了你，就得事事照做嗎？這不是很奇怪嗎？我覺得父母也是人，應該也會有陷入錯誤的時候吧？即使如此，父母的意見是絕對的，因為是爸媽說的所以什麼都照做的話，孩子會失去自己思考的能力，變成什麼都沒辦法自己決定的人……。」

爸爸啞口無言般地直直看著我。

「我想，要是將來我有了自己的孩子、成為母親時，只有這句話我不想說。因為我認為這句話會奪走孩子一切的意志、思考力和選擇權。即使在大人看來確定『比起那條路，這條路對你的將來會更好』，但對孩子而言，只是一種強迫而已。」

爸爸露出了某種受傷的表情。我知道自己說了很苛刻的話，覺得很抱歉，但還是鼓勵自己，繼續說下去。

「孩子有孩子的想法。因為是自己的人生，所以要用自己的方式努力思考。如果父母一味主張『因為還小所以不懂，所以要聽大人的意見』，就太霸道了。我覺得在彼此都有共識前，應該要互相表達自己的意見，好好討論才是。」

我住了口，陷入一片沉默。

爸爸像是僵住了似的，微微低著頭一動也不動。

過了一會，我改變語氣再度開口。

「……我喜歡鳥浦。一開始雖然討厭得要死，但在那住的期間遇見了很多人，學到了很多事，彆扭的我有了改變，現在我非常喜歡那裡……從爸爸的角度看來，我的離開對你而言也算是擺脫麻煩吧，不過對現在的我來說……。」

這時候，爸爸突然抬起頭。

「什麼叫擺脫麻煩！」

非常憤怒的聲音。我嚇了一跳把話吞回去，回望著爸爸。

「我怎麼會覺得自己的親生女兒是麻煩……？」

我眨了兩下眼睛後，緊緊握住媽媽的手，開口。

「……但是，爸爸，我中學拒學的時候，你說不要耍賴、會對真樹產生不好的影響不是嗎？所以我覺得你覺得我煩，要保持距離……。」

「那個是……！」

爸爸的聲音又大起來。然後立刻咬著嘴唇，痛苦地繼續說。

「那是……為了妳好。」

爸爸話說到這裡就停了。輕輕搖頭，自嘲地笑了。

「不……我是為了妳打算才這麼說的……我擔心妳要是一直休息下去，將來會很辛苦，所以想說點鼓勵妳的話，可是……原來如此，是我表達的方式太差勁了。」

我是第一次看到爸爸像現在這樣認錯。我以為他是一定不會覺得自己有錯的人。

或許正因為是父親、是大人，所以得一直表現出完美而正確的樣子吧，我莫名地想。

「……會建議妳去鳥浦住，是因為我覺得那裡對妳來說會是個好環境。這邊的學校不行……雖然妳到最後都沒說出原因，但應該有不喜歡的地方。在家這邊沒有什麼好的回憶吧？所以我想，重新開始，搬到新的地方，妳就可以轉換心情，也對妳的將來好。」

我點點頭說「我知道」。

「但是，我沒想到岳父他們家是這種環境，竟然住了個和妳同年的男生。我擔心要是發生什麼就太遲了，既然妳在鳥浦的高中能去上學，那回來也應該沒問題，考慮到往後發展一定是在家這邊比較好，而且真樹也會很高興，所以才要妳回來。」

爸爸竟然想到這個地步讓我嚇了一跳。我本以為他是不喜歡漣，要我照著他的想法去做，所以才下這樣的命令。

我也好，爸爸也好，可能都不擅長表達自己的感受。一想到我跟爸爸好像啊，莫名有點尷尬。

「妳，不想回這裡來嗎？」

爸爸小聲地說。

難道他是覺得寂寞，只是無法用言語表達嗎？我之前想都沒想過，但現在會覺得可能是這樣。因為我知道爸爸是個笨拙的人。

我微笑回答。

「我並不是不想回去。只是……。」

我深呼吸一口氣後，再次開口。

「我啊，在爸爸到鳥浦那天，和爸爸說完話之後，一時衝動，怎麼說呢，就什麼都無所謂了的那種感覺……一邊想著死了算了一邊往海邊跑。」

爸爸一下子睜大了眼睛。

「真波……！妳在做什麼？」

他霍一下站起來，看了一眼媽媽的睡臉後，滿眼憤怒地對我說。我用手制止了他，搖搖頭，繼續說下去「抱歉。但是」。

「那時候啊，漣攔住了我、救了我喔……不只是生命，還有心。」

爸爸坐在椅子上，彷彿忘了眨眼般看著我，等我說下去。

「漣他，救了我。」

我一邊回想漣救了宛如被大浪吞沒的我的心所說的話，一邊像講給自己聽似地說。

「之後，漣發生了很痛苦的事……我有生以來第一次覺得，我得為某個人做什麼。漣改變了我。所以，漣是我的恩人，是無可取代的人。」

這是本人不在場才說得出口的話。我為了掩飾尷尬輕輕摸了摸臉頰，再度開口。

「不只是漣，外公、外婆，還有照顧我的咖啡店的人、班上的同學，他們用不同的方式幫助我、教會我重要的事、改變了我。所以我想在高中畢業之前都待在鳥浦。然後，回報這些人的恩情。」

聽完我的想法，爸爸露出楞住的表情反覆眨了幾下眼睛後，輕笑出聲。

「不知不覺間，妳已經是個大人了。」

雖然我還沒有自信能抬頭挺胸說自己是個大人，但和不久前幼稚又愚蠢的自己相比，我覺得自己長大了一點，就輕輕點了點頭。

「之前，我覺得妳一定沒辦法自己做決定，這點……我很抱歉。」

我楞楞地張開嘴。

「……這表情是怎麼回事？」

「因為……無法想像爸爸道歉的樣子……。」

爸爸尷尬地用雙手摸摸自己的臉，而後吐了口大氣說。

「我以前就很不擅長認錯跟道歉……常常被妳媽罵。」

我不由得「欸」了一聲。

「媽媽？罵爸爸？」

爸爸噗哧笑出聲，點點頭。

「嗯嗯，是喔。在真波妳和真樹睡著之後，把我叫到客廳……會被妳媽媽唸『你的自尊心高，又想著自己是社長、是爸爸，所以為了維持自己的威嚴覺得不能道歉，這是你的缺點』喔。」

我只能靜靜的聽，什麼話都不能反駁。」

爸爸看向媽媽。我也一邊同樣看著媽媽，一邊想像爸爸被媽媽罵的樣子，偷偷地笑了。

過了一會，爸爸忽然抬頭喊「真波」。這是我聽過聲音最溫柔的一次。

「我知道妳有自己的想法了。之後妳的事情就自己思考，爸爸會支持妳的決定的。」

我睜大眼睛、倒抽一口氣後，露出微笑，點頭回應。

「……謝謝，爸爸。」

然後，我們不約而同地，再度看向媽媽。

從窗外照進來、越過窗簾的光，隱約照亮躺在純白床上那具纖細而蒼白的身體。

看見媽媽的模樣，我忽然想起了什麼，在書包裡翻了翻。然後，把一個裝了櫻貝貝殼的小玻璃瓶，放在媽媽的枕邊。那是龍神祭那天晚上，我在沙灘上撿到的。帶來幸福貝殼的碎片。

「……吶，爸爸。」

我一邊看著媽媽的臉一邊小聲地說。

「我，有件事一直很想知道。」

我抬起眼看著爸爸，爸爸反問「什麼，說說看」。

我深深吸了一口氣，吐氣，而後下定決心開口。

「──媽媽她，是不是，不喜歡我，我是不是多餘的孩子……。」

爸爸臉色頓時一變。

「……為什麼？」

睜大眼睛、看起來驚訝而受傷的表情。

「妳為什麼會這麼想？」

爸爸的聲音微弱。我微微垂下眼睛，繼續說「發生車禍的時候」。

「那時候，媽媽……只想著保護真樹，並沒有理我，所以……。」

「不是的！」

我話還沒說完，爸爸就大聲地說。

「怎麼可能!!」

這是我見過他最可怕的表情、最嚴厲的語氣。

爸爸用堅定的眼神看著嚇了一跳的我。

「……我從警察那裡聽到的。車禍有目擊者，他們告訴我當時的細節……。」

然後，爸爸像是硬擠出聲音似地說。

「那時候，妳媽媽注意到有車子撞過來，抱起手裡牽著的真樹翻滾出去，勉強躲過。但她可能是聽到背後有碰撞聲，意識到妳被撞了。她原本以為妳比她們早一步，應該沒事。妳媽媽尖叫著去追被撞飛的妳。可是，在要抱起掉到植栽上的妳時，被沒注意到車禍的後車追撞。就這樣撞到地上，頭部受到重擊……。」

我啞口無言地聽著爸爸說的話。

我不知道。媽媽有朝我跑過來。在我因為車禍失去意識之後，媽媽有試著來抱我。

我垂下視線，看著媽媽。蒼白、毫無生氣與力氣的側臉。那是因為不顧自己危險，也想要保護我所致。

「……我想要是妳知道了媽媽受傷的前因後果，可能會責怪自己，所以才不肯告訴妳真相。」

爸爸雙手摀臉，用痛苦的聲音說。

「不過，爸爸沒有注意到，妳因此而痛苦。」

爸爸緩緩放下的手後面，出現一張扭曲的臉。

「抱歉……。」

我搖搖頭。但是，什麼話都說不出口。被湧起的淚水干擾。

「不過啊……妳媽媽的確是打從心底愛著妳和真樹的。爸爸保證。因為爸爸是從旁見證，妳媽媽從你們倆出生以後不知道傾注了多少的愛……妳媽媽，是真的充滿了愛又了不起的人喔。」

爸爸用充滿愛意的眼神看著媽媽。

「這之後……爸爸在說你們的事的時候，妳媽媽會有一點眼皮跳動、手指震顫的反應。應該是聽得見，所以醫生說請盡可能跟她多說一點話，我想她真的在聽，很高興能聽見你們的點滴。」

「欸，爸爸，你有來看媽媽？」

我總是跟真樹週末時過來。不知道爸爸有來看媽媽。

「當然啊。我每天都趁工作的空檔或下班時過來。」

「咦，每天？真的嗎？我完全不知道……我本以為爸爸每天工作都很忙沒辦法過來的。」

「因為我刻意挪出時間了。」

「欸……。」

我想，大概是爸爸不好意思讓我或真樹看到他跟沉睡的媽媽說話的樣子吧。

「原來、是這樣啊……。」

溫柔的風從開了個縫的窗戶吹了進來，窗簾翻飛搖動。這個瞬間，我腦中忽然浮現出一個畫面。

爸爸在只有兩個人在的安靜病房裡，小聲對媽媽說話的背影。

雖然非常悲傷，但卻是滿溢著溫柔愛意的空間。

我一直以為爸爸是個忽視家庭的工作狂。不過我其實根本沒看清過爸爸真正的模樣。

爸爸話很少，從不說多餘的話。但卻不顧父母親反對也要和媽媽結婚、然後在媽媽車禍昏迷後，儘管過了十年，也每天都來看媽媽、愛著媽媽。

然後，為了能每天跟媽媽聊我跟弟弟的事，他一直都很照顧、關心我們。

這麼一想，我不可思議地能坦然相信，爸爸讓我去念鳥浦的高中、搬到外公家、在知道漣住在同一個屋簷下後要我回家，都是因為擔心我。

寡言、笨拙、不善表達愛的爸爸，以及疑神疑鬼、彆扭、無法坦率接受別人心意的我。沒說開的話，說不定會因此錯身而過。

「已經多少年沒有像現在這樣和妳好好聊聊了。託了妳媽媽的福啊……。」

就在爸爸小聲這麼說的時候。

媽媽打著點滴的左手，小指顫動了一下。

注意到的我嚇了一跳，抬眼看向媽媽的臉。眼皮也微微顫抖。

我跟爸爸屏住呼吸地看護著媽媽。時間宛如靜止。

過了一會，蒼白的眼皮微微的、雖然只有微微的一點，睜開了。

「咦……？」

我不由得出聲。心跳得前所未有的激烈。下一個瞬間，媽媽的眼睛又一下子閉上了。

接著，就在這個時候，一道透明的淚水從閉著的眼睛落了下來。

就這樣，媽媽沒有再動了。只聽見平靜的呼吸聲。

「媽媽……剛剛是，睜開眼睛了？睜開了對吧!?」

我慌忙看向爸爸。爸爸凝望著媽媽，眼睛睜得不能再大。

「洋子……！」

爸爸從椅子上站了起來，小聲地叫著。

「洋子!!」

爸爸靠著媽媽的身體，放聲哭了出來。

我看了一會，不由得露出笑容，靜靜地站了起來，離開病房。

我想讓每天都在等待媽媽恢復意識、等了十年之久的爸爸，和媽媽兩人獨處。

更何況，也有在等待我的人。

走出病房時，我回頭看了一眼，總覺得媽媽枕邊的櫻貝貝殼，散發著淡淡的光芒。

拜託，拜託了，請保佑我的媽媽——我向天祈禱。

走到聊天室，我嚇了一跳，真樹和漣一起一邊看圖鑑一邊開心在聊天。

我一邊開口喊「真樹、漣」一邊走過去，注意到我的漣抬起頭，睜大眼睛看看我，又看看真樹。

「欸，這是妳弟？」

看起來是在不知情的狀況下就聊在一起了。我覺得有點好玩，噗哧一笑。

「嗯，對。他叫真樹。」

「欸——真的假的！這麼一說，你們長得滿像的。」

是嗎？我一邊笑著說，一邊看向真樹。

「他是我高中的同班同學，住在鳥浦外公家。要好好跟人家打招呼喔。」

然後真樹站起來，對漣深深一鞠躬。

「謝謝你來玩！」

漣一副還很驚訝的表情點點頭說「不客氣」，而後看向我。

「妳這姊姊當得不錯嘛——。」

聽他這麼說我有點不好意思，想轉換話題小聲地說「走吧」。

而後跟真樹約好「下次外公外婆也會一起來碰個面」，跟他道別說我還會再來。

「嗯！我會期待的。漣，你下次再來玩喔！」

「嗯，交給我吧。我也很期待。」

漣揉揉真樹的頭，真樹開心地笑了。

真樹笑著對我們揮手，直到看不見我們為止。

「妳不用住在家裡嗎？」

在回鳥浦的電車上，漣開口問我。

「嗯，總之今天先回去。明天還要上課。再加上，我也想早點跟外公外婆報告。」

話說到這裡停了一下，他追問「想報告的是什麼？」。

我吸了一口氣後，緩緩回答。

「我媽媽啊……睜開眼睛了。雖然只有一下下。」

「欸！」

漣睜大眼睛，而後像是自己的事情似地開心的喊「真好！」。

「嗯……我嚇了一跳。或許只是反射動作，但是，之前都沒有過，所以……或許，真的有一天會醒過來。」

為了避免沒有醒過來時覺得絕望，所以不要過度期待。我雖然這麼想，不過看見長年來只能見到她睡臉的媽媽有了改變，還是沒辦法壓抑自己的喜悅。

「……若真是這樣，就太棒了。」

漣不會說那種一定沒問題的、一定會醒過來的場面話。

可是，我可以從他溫柔的眼神中感受到，他是打從心底這麼希望的。

「……我來練習騎自行車吧。」

那次車禍之後，就因為害怕而不敢再騎的自行車。但是，我不想再被過去束縛而無法前進了。

「好啊。我教妳。」

漣笑著說。那個笑容太亮眼，我不好意思地開玩笑回應。

「欸欸，不要，總覺得很斯巴達教育啊。」

「對妳實施斯巴達教育剛好而已。」

好過分喔，我回瞪他一眼，漣大笑起來。

◇

抵達鳥浦時，天色已晚。

「我想去海邊。」

漣說。發生凪沙小姐的事情之後，他常常一臉悲傷地看著大海，所以我很意外他主動說出這句話。

「……你可以嗎？」

我不由得開口問，他驚訝地睜大眼睛，而後笑了。

「沒問題。雖然海邊有痛苦的記憶，但我還是很喜歡這邊的大海。」

原來如此，我點點頭。

我們走到常去的海灘，並肩坐在海浪打上岸的邊線。眼前的是已經開始被夜色籠罩的大海。靜靜拍打上來的海浪，像是輕輕掠過似地撫觸球鞋鞋尖。

過了一會，漣斷斷續續地開始說。

「……凪沙小姐，大概和現在的我同年。就在這個年紀，犧牲了自己救了我，在這個年紀過世。」

嗯，我點點頭。

「然後幽先生，在這個年紀，失去了生命中唯一一個重要的人。但是，他卻克服了這份悲傷，像那樣帶著笑容堅強生活，帶給大家笑容。真的好了不起，一想到他們兩人，就覺得我真是個小鬼，丟臉得要死……。」

我再度點點頭。

「我也這麼覺得。」

然後，幾乎是無意識地小聲說。

「好想成為溫柔的人啊……。」

漣緩緩地看向我。

「像幽先生、像凪沙小姐、像外公外婆、像漣這樣的——。」

想成為像幽先生這樣，用平等寬廣的愛，溫柔對待身邊人的人。

想成為像凪沙小姐這樣，即使犧牲自己也要幫助別人，心懷深厚善意的人。

想成為像漣這樣，為了某個人，即便自己被質疑，也能說出正確的、該說的話，既嚴格又溫柔的人。

我抱著這樣的心情，化為言語。

「——我也，想成為溫柔、友善的人。」

這個瞬間，身旁的漣噗哧一笑。

「妳的話不太可能。」

蛤？我回瞪他一眼。我難得說了點好話，不要打斷我啊。

「表情好兇。」

他覺得有趣地大聲笑起來。

「因為妳的彆扭已經根深蒂固，要改沒有這麼簡單。」

我雖然不滿，但也覺得或許真的如他所說，那麼多年養出來的自卑心，應該十分頑強。

這想法讓我有點沮喪，可漣繼續說「不過」。

「算了，也沒關係，畢竟妳就是妳。」

忽然聽見他用這麼溫柔的話語這麼說，措手不及的我僵住了。

他一邊盯著我看，一邊有些不好意思地小聲說。

「……再加上，我覺得……妳也不是不溫柔……。」

「……哪裡？」

我不由得歪頭。他無視我繼續說。

「……還有，我之前雖然說過討厭妳，但是現在，啊，那個，我也沒有這麼不喜歡妳啦……。」

「……所以說，哪裡？」

漣小聲地說「我不知道」，站了起來。就這樣開始走進海浪裡。

「欸，等、等一下！」

儘管我喊住他，他還是一點都沒放慢腳步地繼續穩穩前行。

「漣──。」

就在我拚命追著他時，腳下拍打上來的海浪，短短一瞬間忽然像爆開似地，散發出黃綠色的光芒。

我「欸」地嚇了一跳，停下腳步，看了過去。但是，現在看不見光芒了。

注意到我的漣轉頭問「怎麼了？」。

「……剛剛，總覺得海浪在發光……。」

他歪著頭看向大海。

「應該是夜光藻（註）。」

他說完，撿起落在腳邊的小石子，輕輕丟下。而後，就在石頭發出聲音接觸到海面時，海水宛如漣漪盪開一般，波光粼粼。

「哇，果然會發光！」

我不由得喊出聲。

從淺海拍上來的浪花，又搖晃著發光。

「我雖然聽過夜光藻，但這是第一次看到！是這種感覺的光啊。」

「嗯。受到物理性刺激就會發光的樣子。」

脫了鞋子走入海裡的漣，踏著海浪沙沙作響地走，螢光色的光亮配合著他的腳步閃耀。

「哇啊……好美……。」

我也學著漣脫去鞋襪，赤腳走進海浪裡。

就像是散落的黃綠色螢光筆墨水，鮮亮的光芒。打上來的海浪閃閃發光。是一個彷彿不屬於這個世界，奇幻而神祕的景象。

「我有看過大海閃爍著藍白色光芒的照片，但這是黃綠色呢。」

「聽說閃藍白色光的是海螢（註），黃綠色光的是夜光藻。」

漣開心地一邊踢發光的水一邊說。

「在學校有學過赤潮吧。夜光藻是引發赤潮原因的其中一種浮游生物。」

我回想過去的記憶，想起中學時課本上的內容。

浮游生物因異常繁殖而造成海洋或河川變成紅色的現象，稱為赤潮。浮游生物的過度聚集，會降低海水中的氧氣濃度並造成魚群死亡，所以會對漁業產生危害。

「……明明這麼漂亮，卻是會對人類或其他生物帶來麻煩的東西。」

話說出口後，我又覺得措詞選得不妥，換了個說法。

（註）又稱夜光蟲、藍眼淚，是海中生存的非寄生甲藻，能做生物發光。
（註）指生活在海中的浮游生物，夜間能發光。

「即使給其他人帶來困擾，發出這麼美的光芒，也會讓看到它的人感動啊。」

漣微笑著回答「沒錯」。

看了一會夜光藻發光後，他忽然開口。

「……若是活著，就會發生悲傷的事、痛苦的事，多得數不清。即使如此，我們也只能承擔、接受現有的一切並活下去……我一直相信，這些悲傷或痛苦，總有一天會變成自己的養分、總有一天能幫上某人的忙……這是倖存者的責任。」

感覺像是說給他自己聽的話。我沒有回答。

漣落海溺水。儘管被凪沙小姐冒著生命危險所救，凪沙小姐卻也因此去世。幽先生失去了重要的人。而我的媽媽則是為救我受了重傷，昏迷多年。

漣不過活了短短十六年的我們，都遇到了不少令人心碎的事。只要活著，就會經歷許多辛酸或痛苦。會有失去重要的東西、被無法承受的悲痛壓垮、哭泣掙扎的時候。所謂的人生，一定是這樣的。

為什麼世上會有這麼多悲傷的事呢？

為什麼神明會賜給我們這麼多苦難呢？

珍視的事物總是輕易被奪走，有時還會背負再怎麼後悔也無法彌補的罪過。

可是，即便是痛徹心扉的悲傷，即便是難以呼吸的苦痛，我們還是得咬緊牙關，向前看，活下去。必須相信明天、相信未來。

因為，我們活著。因為被許多人所保護的生命，的確在這具身體裡活著。

幽先生的溫柔、凪沙小姐的愛、漣的嚴厲，教會了我這一切。

我懷抱著萬千思緒，靜靜地望向大海。

據說這片海裡有神。若是有神，我在心裡說，神明啊，請祢——

請祢賜給漣、賜給幽先生、賜給大家幸福。

請賜給承受許多悲傷、流了許多眼淚，還是努力克服痛苦、盡可能前行生活的那些人幸福。

神啊，拜託祢。

——內心湧現出這麼溫柔的情感也好，衷心希望別人幸福也好，都是有生以來第一次。

我低頭，忽然發現被海浪沖刷的沙灘上，有塊粉紅色的碎片。是帶來幸福的貝殼。

我用指尖捏起它，包在掌心。

收集櫻貝吧，我想。

收集很多、很多的櫻貝。盡我所能的收集許多櫻貝。

然後祈禱每個人都能獲得幸福吧。

——希望、希望明天的世界，對每個人都溫柔以待。

儘管比過去、比今天只多一點點，也希望明天的世界是更加溫柔的。

我向大海許願，在心底默默祈禱。

【完】

番外篇　向妳起誓

◇

「優海、優海。妳看，這孩子怎麼樣？」

常客中林奶奶，把一張照片放在正在洗咖啡杯的我眼前。

「是安井太太的孫女喔。今年就三十歲了，雖然年紀比你大了點，但她人長得漂亮、氣質又好，真的是個很棒的孩子。和這樣的孩子一起經營店面，Nagisa的生意一定會越來越好的。」

我瞬間停下手上的動作，瞟了眼照片。

「看起來是個很可愛的人啊。」

我笑著回答後，繼續洗杯子。

回過神時，我看見裝飾在牆上的櫻貝項鍊。

不管過了多少年都不會淡忘的臉龐忽然浮現腦海，那份愛戀與情意讓我心痛。

「優海……。」

中林奶奶嘆了一口氣。

「我很清楚，你忘不了凪沙。但知道歸知道，一直單身很寂寞吧？」

「啊哈哈……。」

我又笑了，這次看向外面。

收集來的櫻貝們放在飄窗的玻璃瓶中，閃耀著淺粉紅色的光芒。

從開了一道小縫的窗戶，可以看見海。聽見海浪的聲音。風吹了進來。帶著海風的味道。這家店總是被大海圍繞。待在這裡，經常能感覺到她的氣息。她永遠在我身邊。

所以，我不寂寞。一點都不寂寞。

我很清楚，即使說了這樣的話，還是會被別人用憐憫的眼神對待，所以我沒有說。

「結婚啊，是件好事唷。我年輕的時候也跟其他人交往過，但透過爸媽安排的相親，和現在的先生結了婚。他雖然不像前任會讓我怦然心動，但是個在一起會平靜下來的人啊，我覺得要當家人還是這種人比較好。當然，在一起的時間長了，也有時候會吵架，還是生了三個孩子，也有了孫子，沒有比這更幸福的事了。」

「啊啊，您的孫子出生啦！恭喜您！」

我的話讓中林奶奶開心地笑著說「謝謝」，她繼續說下去。

「優海你啊，也可以有個用和凪沙不同的方式來珍惜的妻子，有了孩子後，就是一家人了。不用擔心，優海一定可以做得很好的。」

「不知道耶，我也有懶散的一面啊。我想對方會覺得很辛苦吧。」

「又說這種話了。沒有幾個像優海這麼了不起的孩子了。所以我啊，希望你能早點結婚、幸福生活。」

太過獎了，我雖然開玩笑的笑，但在心中道歉說對不起。

抱歉，中林奶奶。我無論如何都無法想著凪沙以外的人。

自從過了二十五歲，越來越多客人和我提相親的事。雖然每次我都婉言謝絕，但還是時不時有人提。

為我打算、特意為我找對象，這份親切讓我很高興。但是，我不想結婚，也不想戀愛。所以雖然我絕對不會接受這件事，但要拒絕特意為了我的提議，我還是每次都覺得很抱歉，心沉甸甸的。

就在我想著今天該怎麼拒絕的時候，聽見說「那個」的聲音。

我看了過去，發現在店裡幫忙的真波，盯著中林奶奶看。

被大大的眼睛直視，中林奶奶有點尷尬地別開視線。

真波雖然是非常溫柔而單純的好孩子，但不是個會刻意去討好別人的人，所以用認真的表情看對方時相當有壓力。

「我覺得結婚、幸福生活這種話，對幽先生有點失禮。」

喔喔，說出來啦，我不由得在心底發笑。她說話總是直接了當。是非常直率坦白的正直孩子。

「不結婚就沒辦法幸福嗎？幽先生一個人開店，常客也很多，深受兒童食堂孩子們的喜歡，還有很棒的朋友，我認為他過著充實而幸福的人生就是了。即使如此，光是憑著沒有結婚這一點，就說不幸福一類的話，我覺得並不禮貌。」

喔喔，更直接的發言來了。就像時速一百六十公里的直球一樣強勁。

中林奶奶露出困惑的表情開口說「但是啊」。

「結婚生子，那個，還是理所當然的事吧。最近好像有說事實婚姻、選擇不生孩子的，但這還是不對的。」

「……這有什麼不可以的嗎？」

真波皺著眉頭小聲地說。

「這個啊，雖然別人家的孩子也很可愛，但跟自己有血緣關係的孩子還是特別的。優海也很喜歡孩子，所以更希望他有自己的孩子。再加上啊，媽媽生下了身體健康的他，所以就該結婚生子，傳宗接代啊。這才是一個人正確的生活方式喔。」

真波一臉嚴肅地開口說「那麼」。

「沒有孩子、或不能生孩子的人，就不算是人嗎？」

糟，話題危險起來了。該阻止了。

我一邊擦溼淋淋的手一邊慌忙走出廚房的時候，傳來一個傻眼的「喂」。

「真波……說得太過頭嘍。」

一邊嘆氣一邊拍拍她肩頭的，是漣。

看到那張臉的瞬間，我鬆了口氣，停下動作。如果他來了，應該就沒問題了。

「那個啊，不管怎樣，對著長輩又是客人，妳這說話方式也太超過了。就不能把話說得圓融委婉點嗎？」

「哈啊？委婉？我才不想被你這麼說，就只有你。漣你自己能用溫柔的方式說話嗎？明明講話都不管別人心情的。」

「只會對妳這樣！因為妳老是做一些讓人很想有話直說的事。」

「要是你這麼說，那我……。」

「啊啊好了，別吵了。」

插手阻止真波和漣爭執的，是中林奶奶。但兩人依然爭論個沒完。

「啊啊，麻煩了啊。」

我笑著對嘟嘟囔囔的中林奶奶說「沒事的」。

「這就是他們倆是超級好朋友的原因。」

「欸欸？是嗎？」

我呵呵笑著點頭。

「所以，我忙著照顧這兩個年輕人的戀情發展，相親的事情能不能當沒說過呢？難得您特意跟我提，不過真的很抱歉。」

我這麼說完深深鞠了個躬。中林奶奶聳聳肩說「又說這種話了……」，但總之今天應該是放棄了，她把照片收了起來。

我回到廚房繼續洗碗，微笑看著還在爭論不休的兩個人。從氣氛上可以看出來，他們不是真的在吵架，而是像小狗一樣相互玩鬧。

我隱約從他們總一起來店裡、晚上偶爾會兩個人去海邊散步，發覺到真波和漣應該是在交往。但是，他們似乎不想讓身邊的人發現，打算隱瞞，所以我也不特別去說什麼。

這麼說起來，我想起凪沙也說過被人家知道在交往的事情會覺得尷尬啊。但我無論如何都想一直和她在一起，須臾不離，和凪沙這麼優秀的女生交往讓我驕傲得不得了，實在瞞不住。

不過我現在確實長大了點，如果是現在，應該就能順著凪沙的希望，悄悄的交往了吧？

雖然腦中短短出現了這個念頭，可試著想像一下後，我立刻認定還是不行。

我絕對沒辦法忍受凪沙在我旁邊，但我不黏著她。現在也不會改變。如果現在凪沙出現在我身邊，我應該會拋下一切抱住她。

啊啊，好想見她。好想見凪沙。

忽然湧起這個念頭。我眼頭一熱，慌忙看向窗外。視野逐漸扭曲。

不行了，等下一定會哭出來。

這不能讓客人看見，所以我用非常開朗明亮的聲音說了句「我去看一下庫存——」當藉口，抓了掛在牆上的項鍊，迅速跑到裡面。

休息室兼倉庫的小房間。牆邊的櫃子上，擺滿了咖啡豆、茶葉、方糖和奶精。房裡只有一扇面海的窗戶，放了張工作用的桌子。

我癱坐在辦公椅上，一邊怔怔看著窗外，一邊等著眼淚停下來。眼前整片都是海。

窗邊的櫃子上，裝飾著我總想放在可見範圍內的重要物品。

凪沙送給我的，宛如海洋般的群青色筆記本。

凪沙幫我做的，宛如太陽般的橘色幸運繩。

凪沙喜歡的、和凪沙一起吃過的巧克力甜點空盒。

被和凪沙一起度過的大海環繞，一邊看著有凪沙回憶的物品，一邊輕輕握著凪沙的項鍊抱在胸前。

我緩緩站起身，站在窗邊遠眺大海。
窗外吹進來的海風，輕柔地吹動我的頭髮。
我還清楚記得她整理我睡翹頭髮的指尖觸感，清楚到不可思議的地步。無法遺忘。
『你頭髮又——睡翹了。真是的，拿你沒辦法。』
她一臉傻眼地笑，用非常仔細的動作，輕輕撫過我的頭髮。
吶，凪沙，我每天都活得很快樂很幸福唷。
因為妳最後告訴我，希望我幸福，如果我不幸，妳是不會原諒我的。
為了實現妳的心願，我一邊一個一個屈指數著小小的幸福，一個一個細細品味，非常開心地生活著。
沒有凪沙的世界。要說不寂寞，是超級騙人的。
但是，在周遭其他人的支持與協助下，我得以做自己想做的事。
……不過啊，老實說，我一天會想妳一百次左右。
雖然妳說『忘了我』，但是，抱歉，只有這個願望我不能幫妳實現。
我不會忘記。一丁半點都不會忘記。
妳會傻眼地笑著說我真是個沒用的傢伙吧？
妳可以生氣唷。凪沙妳即使生氣，也一定會開心地笑吧？
吶，凪沙。如果我一直活下去、一直活下去，活到人生的盡頭，然後去妳那裡的話，妳可以讚美我嗎？或是妳會生氣的說，你還能再努力點的吧。

哪一種都無所謂。什麼都可以。我只想見妳。

「啊啊……好想見妳……。」

想見妳，想見妳，想見凪沙。

凪沙妳也一定在那裡，每天念著『想見我』吧？

好想早點見到妳喔。真的，好想見妳。

雖然想見妳，但是，我會繼續加油，所以請妳耐心地等我。

當我的生命終結，我一定會用最快速度去見妳的。我發誓。

「——凪沙，我好喜歡妳。」

我小聲地對大海發誓。

總覺得在海的另一頭、在風中，看見了凪沙羞澀的可愛笑容。

【完】

後記

非常感謝您從眾多書籍當中，選擇了《願明日的世界對你溫柔以待》。本作是二〇一九年六月出版同名書籍的文庫平裝本。再度以二〇一八年夏天出版的《向海許願 向風祈禱 而後向妳起誓》同一個港口城市為背景，描寫十年後的世界。儘管打算創作一個獨立閱讀也能愉快欣賞的內容，不過如果已經讀過前一本作品的讀者能夠在閱讀時感受到其中的關連性，以及先讀了本作的讀者若能讀到前作，感受到我蘊藏在優海與凪沙故事中滿滿願望的話，就太感謝了。

這個故事的主角‧真波，是個渴望愛情，因自己不被人需要、無足輕重而痛苦，用攻擊性態度試圖穩定自己內心的少女。她個性不坦率、總是說負面的話、雖然有自覺但無能為力。另一方面，她在海港都市認識的同班同學‧漣，則是個心中藏著無法對任何人吐露的沉重苦痛，幾乎要被罪惡感壓垮的少年。

可是，「即使身處在無法靠自力擺脫的黑暗當中，但在和其他人相遇、互動、言語交流後，也能夠找到光明。」我創作這本書的目的，就是想描寫這種奇蹟般的邂逅。希望這個訊息，能夠傳達給閱讀本書的讀者。

此外，本作書籍出版時的後記是用『希望各位的明日，是比今日更加友善幸福的世界』做總結。當時，世界上不斷發生令人難過的新聞，我是以希望這個世界能變得更好的心情為出發點所寫的，但在那之後的兩年，世界產生了很大的變化。未知的病毒蔓延，不僅讓感染者痛苦、奪走感染者的生命，也加深了就感染政策等問題上有不同立場或想法的人在現實世界中、在網路上的衝突。此外，SNS上的誹謗中傷從幾年前開始就成為網路世界的隱患，類似的其他情況也惡化了不少。

哪怕只有一點點，總之，我衷心希望溫暖的事情能比讓人心痛的事情多。希望明日的世界對各位來說，是溫柔友善的。

二〇二一年九月　汐見夏衛

本故事為虛構，與實際存在的人物、團體等一概無關。

國家圖書館出版品預行編目(CIP)資料

願明日的世界對你溫柔以待 / 汐見夏衛著；
猫ノ助譯.
-- 初版. - 臺北市：臺灣東販股份有限
公司, 2024.12
288面；14.7×21公分
ISBN 978-626-379-669-0（平裝）

861.57　　113016682

願明日的世界對你溫柔以待

2024年12月1日　初版第一刷發行

作　　者：汐見夏衛
譯　　者：猫ノ助
編　　輯：魏紫庭
發 行 人：若森稔雄
發 行 所：台灣東販股份有限公司
　　　　<地址>台北市南京東路4段130號2F-1
　　　　<電話>(02)2577-8878
　　　　<傳真>(02)2577-8896
　　　　<網址>https://www.tohan.com.tw
法律顧問：北辰著作權事務所蕭雄淋律師
總 經 銷：聯合發行股份有限公司
　　　　<電話>(02)2917-8022

TOHAN